Cartographie d'un feu

DE LA MÊME AUTRICE

Après la forêt, Éditions du Rouergue, 2005

Ton nom argentin, Éditions du Rouergue, 2007

La Grande Bleue, Éditions du Rouergue, 2012 ; Babel (Actes Sud), 2015. Grand prix de la ville de Saint-Étienne

Bâtisseurs de l'oubli, Actes Sud, 2015

NATHALIE DÉMOULIN

Cartographie d'un feu

ROMAN

DENOËL

Le lecteur curieux trouvera en fin d'ouvrage un lexique des mots typiquement franc-comtois qu'il pourrait ne pas connaître.

En mémoire de Marcel Démoulin
qui traversa le feu.

« Jamais la chimère ne nous vient
par la porte des libertés. »

Gabrielle WITTKOP

La montagne flambe depuis bientôt vingt-quatre heures. La montagne blanche, la montagne de froid et de neige, la montagne de février est en feu. Elle brûle en cercle tout autour de la ville. La peau de glace des sapins se brise à distance, la forêt éclate comme du verre, puis se couvre d'une autre peau, de sa seconde et vraie mort, de résine ardente. Un anneau de cendres flotte, silencieux et immobile, un peu plus qu'à mi-hauteur du cratère. Dessous, le feu remue dans les congères, immense déjà, et ses flammes grandissent par instants jusqu'à toucher l'anneau, agiter la fumée. Les camions des pompiers ont dû grimper jusque-là, et pour ça il a fallu déneiger les chemins forestiers à la force des bras. Ils stationnent dans des reculées délaissées, à l'aplomb de sapinières austères, et il me semble voir leurs jets, dirigés à l'aveugle, hachurer le ciel.

— Un feu d'enfants, me dit le maire.

Décidément, des contes il nous en aura servi, celui-là, en trois mandatures, lui qui a survécu à tout, aux listes dissidentes, à l'usure des affiches électorales, à la fermeture des ateliers de diamantaires et à celle de l'usine de plasturgie.

Il porte une tenue immuable, je ne lui en connais pas d'autre. Un costume un peu mou, qui gondole sur ses chaussures, qui ne donne pas le change à sa face épaisse, aux paupières tombantes, au nez énorme, bulbeux, marbré de couperose, des traits simplets qui trompent le monde. Je secoue la tête, ce vieux geste malgré moi, ma vieille tête de cheval, le mors qui griffe mes lèvres, le silence qui tourne dans ma bouche. La montagne, je croyais la connaître. J'ai payé des ingénieurs, des géologues, des spéléologues pour radiographier ses richesses, ses minerais, ses terres rares. Je sais où il faut creuser, mes relevés sont plus précis que ceux du BRGM. Mais cet incendie dans la neige, ces rougeurs soudaines hier, les sapins partant en torche dans le grand blanc, je ne savais pas ça possible.

— De petits vauriens, de la graine de salopiots, ceux-là brûleront tout, insiste Noirot.

Pour un peu il me parlerait de mon frère, un archétype, dans son genre, mais il n'ose pas me fâcher, j'emploie tout de même la moitié de la population active de la ville. Alors il se tait, le regard insaisissable sous la peau lourde des paupières.

Je lui serre la main. Nous nous quittons sans rien ajouter. Il est pataud et fatigué. Je parie qu'il n'a pas dormi de la nuit. Je parie qu'il est soulagé qu'on lui parle d'autre chose que du cabinet d'audit, des emprunts toxiques, de la dette de la ville qui s'élèverait à cinquante millions d'euros, de sa possible démission. Il y aura bien quelqu'un pour l'accuser d'avoir mis le feu lui-même, vous ne croyez pas ?

Dehors, j'entends tout de nouveau. La bouche géante du brasier respire avec force. Les arbres gémissent comme se plaint ce qui meurt. Est-ce le premier, est-ce le dernier cercle ? Celui des lâches, celui des luxurieux, celui des perfides ? Les villes qui brûlent à l'écart de nos frontières, les sphères ardentes qui tournent dans le ciel sont-elles orientées vers nous comme des miroirs ? Je fais démarrer ma voiture qui tangue comme une barque sur la chaussée gelée. Il n'y a plus de ciel au-dessus de la cluse qui brûle. Une simple paupière de fumée soudée à la montagne. Ici la lumière se tait. Les cœurs se fendent. Les feux s'enténèbrent.

Vous connaissez Cuisance. Notre ville est encaissée au coude d'une vallée dont les pentes abruptes sont des murailles de sapins. À la fonte des neiges, quand on longe la crevasse, quand le pied s'enfonce légèrement dans une tourbe brune, souple, pneumatique, on est tenté de croire que la montagne est faite d'aiguilles de conifères, assemblées comme les cartes ou le sable qui font les châteaux. En bas, la lumière est froide. Le ciel, lointain. La nuit tombe tôt.

À la fenêtre de mon bureau, le feu est toujours là, on devine des chicots gris dans la houle des sapins et par instants une lueur comme un astre tapi dans la montagne. Nous avons le bilan à examiner, des chiffres à lire et au lieu de ça Léontin se détourne sans arrêt, sur son visage tatoué, comme sur un réflecteur, l'anneau de cendres tombe puis remonte, oscillant devant un soleil froid, quasi lunaire.

Je m'interroge. Peut-il s'agir d'une manigance de Noirot qui aura voulu une catastrophe plus grande que ses erreurs ? Ai-je ma part dans ce malheur, moi qui ne considère plus guère la montagne que comme le gisement de richesses issues du carbonifère ? Ou bien cet incendie qui défie la raison est-il l'amorce des jours redoutables qui nous sont promis ?

À dix heures, des avions larguent des nappes prises aux lacs, elles tombent en vastes coulées livides, repeignent la montagne de traits blêmes, sales. Cette fois je renonce à la réunion. Nous sommes à la fenêtre tous les trois. Léontin, Sage et moi. J'ai froid. Il faudrait davantage d'avions. En faire venir de Marseille, de Ligurie, de Rome. Le feu qui progressait le long des fosses aménagées pour le contenir semble à présent les franchir. Je ne vois plus les camions, ni les silhouettes au bout des lances. Le feu monte vers le crêt de Furieuse. Ma maison est là-haut, à une altitude moins riche en oxygène. La forêt s'ouvre dans sa direction à la manière d'un nuage. Elle devient nuage. S'il neige, la neige sentira la fumée. L'odeur est déjà sur notre peau. Dans notre cerveau.

Il est quinze heures. J'ai roulé deux kilomètres vers Furieuse quand une alerte interrompt le programme sur lequel était réglée la radio. La route est coupée au niveau du bois de Sombes. Furieuse sera abandonnée aux flammes s'il faut. Qu'y a-t-il à ces hauteurs ? Quelques cabanes, une poignée de chalets confondus à la forêt, ma maison chauffée par un insert, les livres de ma femme. J'avance. J'accélère.

Des chevreuils se sont jetés sur la route. Une petite troupe désorientée qui ne s'écarte pas à l'approche de ma voiture. Pattes légères et bifides, mouvements incohérents. Suis-je devenu invisible ? Je coupe le moteur. Leurs flancs respirent follement. Je sens la résine qui coule dans l'air. Chaude et entêtante. Soudain le groupe s'éparpille. Les sabots crépitent sur l'asphalte. Ils s'élancent vers les hauteurs de Sombes, vers le crêt de Furieuse, un trait de neige sur le ciel blanc. Après eux une nuée de fumée. Elle roule, épaisse, langoureuse, sur mon pare-brise.

Au barrage, le gendarme me salue.

— Servant, dit-il.

— Sangor, je réponds.

Il hoche la tête. Bien sûr il me connaît.

— Vous ne passerez pas.

Je ne crois pas que ma maison soit menacée par les flammes, pas à cette altitude, pas avec les bancs de neige, les congères qui ne fondent pas. Même si ce feu joue avec nos esprits cartésiens, je suis un homme qui s'obstine à brandir des raisonnements. Il se fout de ce que je lui dis. Il tape ses bottes sur le bitume.

— Votre femme est partie, elle ne vous a pas prévenu ?

Je fouille dans ma veste, chope mon portable. J'y trouve un message que Carole a envoyé, en début de matinée, vers Cuisance où les antennes dorment, où les signaux se déclenchent avec des heures de décalage. C'est une photo de sa main, doigts blancs, alliance, saphirs à côté d'une patte de chien noire. Bon sang, elle sait pourtant à quel point cet animal me dégoûte.

— L'incendie ne montera pas jusqu'à Furieuse, dis-je quand même.

Le type recule, lève la tête, mordille ses lèvres gercées. Au soleil, son visage est traversé d'anneaux sombres, globuleux, explosifs, comme ce matin celui de Léontin. Il hausse les épaules.

Carole aurait pu choisir un hôtel. Ou bien louer une maison. Oui, une maison confortable, équipée d'un sauna, de celles que louent les hivernants, pour suer lorsqu'ils rentrent du ski, ou après une trop longue nuit en boîte. N'importe quoi mais pas aller chez mon père, à Messia. Et c'est pourtant ce qu'elle a fait.

Je pourrais l'appeler, dénouer le sort. À la place, je fais demi-tour. Je bute contre la neige drossée sur le côté par les engins. D'ici on aperçoit une coulure de braises au pied des Grands Bois. Des sapins se consument sans flamme. Des choucas tournent autour sans se poser. Cuisance est invisible dans sa crevasse. On ne distingue que les lèvres rêches, bleutées, compactes, de l'anticlinal et immédiatement sous la paroi la masse des épicéas qui tombe hors du regard vers quelque chose qu'on soupçonne aussi profond que la nuit.

Je prends par la vallée, je traverse Cuisance, le cercle de nouveau est au-dessus de ma tête, le cercle des flammes et des fumées, le cercle des luttes. Le tunnel n'est pas fermé. Les phares éclairent la roche humide. La voiture traverse de larges flaques noires. Des traits jaunes, fluorescents, dessinent la chaussée dans l'obscurité. À l'autre bout, ce n'est pas encore le crépuscule, les jours durent plus longtemps de ce côté de la montagne. Le lac s'est refermé après la morsure des hydravions. Une brume bleue sourd en surface. Il n'y a pas un souffle d'air. La route suit la berge, fait un immense écart avant de piquer au nord. Là où la neige ne tient plus affleurent de vastes plaques d'herbe roussie.

Je fais le plein à la station-service. Les lumières sont déjà allumées, des néons rouges et bleus qui clignotent en vain, dans l'immense pâleur d'un jour d'hiver. C'est à peine s'ils colorent l'Express garé derrière le manomètre. Dans l'aquarium où la patronne encaisse, trois globes à cent watts valsent sur ma rétine, ferment mes yeux. Le bas-rouge grogne dans le dos de Magali. À travers mes cils, je vois vibrer ses doigts chargés de bagouses. Elle me déleste fissa de ma carte bleue.

— Alors, elle a pas fini de brûler, la cluse ?

C'est comme ça. Pas de bonjour, des questions dont elle connaît les réponses, son petit visage précis, à peine fané, au-dessus d'un col en renard. Carole appelle la station L'Observatoire. D'ici, on a vue sur pratiquement toute la vallée de Messia. Madame Je-sais-tout a une paire de jumelles à portée de main, juste à côté du téléphone. Elle fait des listes, comme les enfants. Les voitures qui passent. Celles qui stationnent trop longtemps sur le parking du lac. Lorsqu'elle n'a pas eu la présence d'esprit de refermer son carnet, on lit ses relevés, à l'envers : date, heure, numéro minéralogique.

*

Rien ne défend la maison de mon père. Mais une vasière en été contient les estivants à l'écart, au long d'un embryon de plage et d'un sentier entretenu entre quelques vieux arbres. Comme une paupière rougie, un sable fin sépare l'eau de la prairie. Il arrive que des canoteurs accostent au ponton que mon père a fait installer, il arrive qu'ils croient bon de s'allonger sur l'herbe, il arrive que mon père leur envoie son chien. En hiver ne passent à pied que quelques chasseurs. La maison grandit sur la neige. Il ne reste qu'elle au bord du lac.

De loin, je vois les cheveux blonds de ma femme qui volettent autour de son visage. Elle est tournée vers la montagne, comme s'il était possible de voir à travers, de lire des présages. Elle a enfilé une de ces vieilles capotes militaires qu'on trouve accrochées dans les maisons, encore toutes clinquantes de leurs breloques et chaudes d'odeurs qui ne sont pas les nôtres. Et c'est dans cet attirail qu'elle vient vers moi, grande, nerveuse, étrange. Son menton pointu posé sur un col d'officier amidonné de poussière et de poudre à canon. Mes bras sont retombés. Comment l'enlacer dans cette défroque de soldat, dans ces vêtements d'un oncle de mon père qui attendent depuis cent ans de reprendre l'air ? Qu'elle ne soit plus elle-même, voilà qui m'inquiète. Je n'ai pas le temps de lui faire des reproches. Elle a le souffle un peu court, la voix saccadée, l'incendie met du rose sur ses joues, du brillant dans ses yeux, elle a dû quitter Furieuse en moins d'une demi-heure, pressée par les pompiers, et quand elle est arrivée ici il n'y avait personne, sauf le chien, qui montait la garde mais l'a laissée entrer. L'animal.

Elle est plus grande que moi, et plus encore dans ce long manteau raide qui traînerait dans la neige si on le posait sur mon dos. Elle qui connaît mes désirs, comment a-t-elle pu concevoir venir ici ? À cette heure nous devrions être nus dans une cabine de bois, nous jetterions de l'eau sur les pierres brûlantes, une vapeur nous envelopperait, un parfum de sauge. Au lieu de quoi, il faut marcher pesamment jusqu'à la maison sur le chemin mal déneigé et je ne dis rien de cette angoisse qui grandit, revenir dans cette maison c'est entrer dans ma nuit, et sans doute ce feu qui brûle la cluse est-il une force, une force maligne et irrésistible qui m'oblige à rebrousser chemin, à revenir là où je croyais ne plus revenir, jamais, ne plus jamais reprendre ma place d'enfant, jamais.

Dedans, la télévision est allumée. On y voit l'incendie. Filmé par des drones qui traversent des écrans de fumée avant de s'en échapper d'un coup pour survoler un brasier étouffé et lent. Les arbres meurent debout. Ils ne gardent que leurs branches principales, noires et fendues, ouvertes comme de grosses bouches ébréchées. Par endroits, on voit grouiller les uniformes, des types de la taille d'un Playmobil manœuvrent des tuyaux géants. Une flamme immense, dix mètres de largeur environ, lèche la départementale qui grimpe vers Furieuse. Carole a passé l'après-midi ici. Sur le divan, des feuillets tapuscrits, raturés, froissés, une litière, les épreuves de son étude sur Peter Doig. Peter Doig, vous savez, le peintre. *Swamped. The House that Jack Built. Echo Lake.* Non ?

Je finis par me rendre compte qu'elle a coupé le son. On entend la maison qui grince. L'odeur de fumée, c'est moi. Cette voix, un peu grave, un peu affectée, c'est celle de Carole. Sa manière de détacher chaque mot, comme si on devait tout entendre, comme si on devait l'écouter, impérativement. Et c'est ce que je fais.

On ne sait pas de quoi se nourrit l'incendie. C'est Carole qui commente, les jambes repliées sous elle. Peut-être une veine d'asphalte en réserve depuis le crétacé inférieur alimente-t-elle le foyer. Ou bien quelqu'un aura rempli un fossé de pétrole, vidant ses bidons tout autour de Cuisance en l'observant en contrebas, avec le tracé net de ses petites rues pentues et ses toits d'ardoise noire. Toutes sortes d'hypothèses paranoïaques circulent en ce moment même sur les réseaux, nourries d'images qui reviennent en boucle. Des experts s'affrontent en conjectures mi-sérieuses mi-loufoques. Je sais ce qu'il faut en penser.

Survolée plus d'une fois par les drones, la ville paraît extraordinairement compacte, entre la rivière et les parois de sapins. Elle est uniformément sombre, sauf le bâtiment de l'hôpital qui n'a pas eu le temps de noircir et n'est pas doublé de tavaillons mais en béton blanc, sous une carapace d'acier. L'Héria, notre rivière, quand on la longe, on la croirait remplie de verre pilé, mais vue de si haut, muette, elle fait l'effet d'une veine épaisse charriant de la glace. Bref, on ne reconnaît pas la ville natale, on ne l'avait jamais vue ainsi, retournée comme un ventre, on a pitié d'elle. Ou bien on a honte.

— Elle fait pitié, répète Carole.

Autour de Carole, tout est vieux. Cette maison n'est pas seulement poussiéreuse. Elle est peuplée d'oiseaux empaillés - foulque, pélican, flamant et cigogne depuis lesquels les araignées lancent leurs fils -, encombrée de meubles en loupe d'orme, de fauteuils dont des housses dissimulent l'âge, elle est un puzzle qu'aucune main n'a pris la peine d'assembler et dont peu à peu la cohérence s'est perdue. La mort, c'est donc ça, m'a chuchoté Carole à l'oreille, la première fois que je l'ai amenée ici. Qu'elle ait si bien deviné m'a comblé. Si Carole écrit notre histoire, elle qui écrit tout, elle commencera par décrire cette maison au bord du lac, la manière dont s'emboîtent des pièces d'époques différentes, chacune ayant gardé son décor originel qui empêche de la confondre avec les autres, de la même manière que les niveaux inégaux font çà et là des marches inopportunes. Le morceau de bravoure, c'est, à l'étage, le couloir étroit qui distribue les chambres, orné de onze panneaux peints rapportés de je ne sais où et retaillés aux dimensions du lieu, ce qui a imposé de mutiler de leurs pieds certains personnages, de cadrer des bateaux au ras de leurs carènes. Ces papiers peints représentent un continent chimérique, aux arbres bleus, aux fleurs géantes retombant en calices vénéneux. Dans cet éden débarque un fringant équipage en rhingraves de salon brodées de roses, dentelles de Calais moussant sur le mollet et chemises de brin. Sous l'aberrante floraison de cette forêt des tropiques, restituée sur la foi de je ne sais quel récit d'énergumène, l'artiste a dessiné des indigènes, athlétiques et presque nus, huilé leurs cheveux de térébenthine si bien que leurs têtes noires et laquées font comme des miroirs ; on s'y voit, littéralement, réduit à la grosseur d'un ongle. Ils guettent les arrivants avec des expressions aussi énigmatiques que les armes dont on les a équipés face aux mousquets et aux arquebuses : massues sculptées en têtes d'oiseaux, flûtes assassines, poignards aux lames recourbées. Avec mon frère, nous nous demandions, enfants, si les panneaux manquants relataient quelque scène cannibale, les navigateurs suppliciés par les sauvages et dévorés encore vifs, ou s'il n'y avait rien d'autre à voir que la végétation refermée sur le règne inimaginable d'une autre sauvagerie : celui d'une forêt ayant tout effacé et où des traits de lumière seraient seulement venus allumer les têtes colorées de fleurs en sous-bois. Et même aujourd'hui, encombré des bagages que Carole a réunis en hâte, alors que du coin de l'œil je sonde au passage la richesse du dessin, la couleur écrasée en crique turquoise, en rivage engazonné, je vois bien qu'il manque quelque chose.

Depuis combien d'années n'ai-je pas dormi ici ? Jamais avec Carole en tout cas, dans ce lit un peu étroit pour deux qu'elle a ouvert pour l'aérer, révélant le léger creux central, l'empreinte de mon corps qui persiste après quinze, vingt ans d'absence – je ne veux pas compter. L'escadre des morts, comme l'a baptisée Carole, est dans mon dos. J'ai grandi avec elle. C'est comme si j'entendais le son plat, détaché, liquide des rames, c'est comme si je voyais le canot descendu du vaisseau fendre silencieusement la crique envasée, lourde de feuillages fanés, de la promesse du massacre imminent, c'est comme si je me reconnaissais dans cette eau noire. La chambre est froide, mais en m'y appuyant pour regarder au-dehors je manque me brûler sur le radiateur que Carole a réglé au maximum. Loin, au-delà de Chalam, au-dessus de Cuisance, des fumées s'agitent dans le ciel. Le lac remplit mon œil de son disque flou.

Depuis la maison, après quelques centaines de pas, on bute sur la zone interdite, la cité lacustre du néolithique, défendue par un grillage auquel se sont emmêlées les ronces. Imaginez qu'il y a eu là, dans les remous qui se replient telle une chair de mollusque, une ville sur pilotis, un peuple qui pêchait et rêvait sur l'eau. Vous ne soupçonnez pas le nombre d'archéologues qu'aimante la reculée de Messia. Ils voudraient creuser, encore et toujours. Assécher le lac. Y ouvrir des tranchées. Démembrer la maison, la déchiffrer comme on fait des palimpsestes, jusqu'aux fondations, jusqu'aux origines du temps. S'ils savaient – l'escadre des morts, les manteaux des grands-oncles, les robes que personne n'a dépliées depuis des lustres et dont les plis dévorent peu à peu les couleurs, les lettres de ma grand-mère avec lesquelles mon père allume son feu –, ils forceraient les portes. Le chien de mon père se charge de les garder à distance.

Me voici donc de retour dans la maison des trépassés, mais avec Carole ce sera plus facile. Carole ne partage ni l'héritage ni les fidélités. Elle n'a pas grandi au milieu des jeunes hommes apprêtés pour la mort et qui depuis plus de deux siècles prennent place sur la barque ultime. Les grands dadais, dit-elle. Et c'est ce qu'ils sont, avec leurs joues veloutées, leur linge frais, l'âcre odeur de leurs corps juvéniles, leurs destins décidés par d'autres. Elle empêchera qu'ils remplissent ma tête, qu'ils troublent mes rêves, qu'ils entravent mes pas. Et si l'incendie nous garde ici un moment, elle leur donnera un nom, leur inventera une vie, les neutralisera pour longtemps. Pour l'heure, elle nous a vus à l'écran, Sage, Léontin et moi. Je ne sais pas comment le drone a pu nous filmer, à notre insu. Ni qui a pu autoriser que ces images passent en direct, puis soient longuement répétées, dans ces cycles que fait l'information, à la télévision, entre deux passages d'hydravions.

Nous sommes tous les trois collés à la vitre, les traits figés dans une expression anxieuse. Léontin se détache en raison des tatouages sur son visage, lettres et signes mystérieux, écritures de chaman. Et d'ailleurs, avec son poil et ses cheveux d'un blond roux, sa peau cramée par la neige, c'est comme s'il sortait d'un feu. Sage paraît belle, elle dont le visage souffre d'invraisemblables désordres. Statufiée par l'angoisse, elle traverse un moment de grâce.

— Et toi, mon ange, reprend Carole, tu as l'air couvert de suie, avec tes cheveux noirs, et ta peau mate, et tes sourcils broussailleux. On te croirait soufflé par la fumée.

Carole ne cherche jamais à m'arranger le portrait. Si elle m'aime comme ça.

Jonas nous regarde par la baie vitrée – Jonas, mon frère, mon fou, mon vilain cauchemar. Il s'est coiffé d'un massacre. Dieu sait où il a trouvé ça. Dans la remise des fermiers des Planques ? Dans leur dos, à leur barbe ? Il en est capable. Dix cors. Le crâne à l'os sur son propre crâne. Le poids doit lui écraser les cervicales. Il se tient très droit. Je devine son abdomen contracté sous les boyaux de l'anorak. Il traverse le jardin en direction du lac. Il passe à travers les bouleaux qui poussent sur la terre ferme et derrière lesquels commencent les vasières. Il titube. Il trébuche. Il tombe. Pas de quoi s'inquiéter, je vous assure. Même si le climat est à l'ordalie. L'eau, le feu, nous avons tout ce qu'il faut. Il ne reste qu'à se jeter au milieu. Mais mon frère, pour le noyer dans le lac, il faudrait l'encager. N'oubliez pas que notre mère nous a appris à nager, qu'elle nous a dressés à passer d'une rive à l'autre, jusque tard dans la saison, lorsque l'eau devient si froide qu'elle vous coupe la respiration et que les voitures ne s'arrêtent plus pour lâcher des cohortes de baigneurs, avec leurs bouées de plastique et leurs lotions solaires. Les oiseaux prenaient tout juste la peine de s'écarter quand nous remontions vers le bord, les lèvres bleues et les doigts gonflés.

C'était un couple étrangement assorti, mon père et ma mère. J'ai longtemps cru qu'ils s'étaient rencontrés lors d'une de ces soirées qu'organisent les fédérations, où les athlètes se mêlent aux entrepreneurs, et où la performance n'est plus d'améliorer sa vitesse mais de séduire de possibles contributeurs, et j'imaginais bien ma mère, dans une de ces robes blanches qu'elle affectionnait et dont l'encolure de satin s'échancrait profondément, faire ses premiers pas dans les yeux de mon père, veuf portant beau, courtisé par tous et la choisissant elle, puissante, aguerrie, splendide, à moins que l'ayant vu la première et ayant jeté son dévolu sur lui, elle ait calculé sa trajectoire pour croiser la sienne, avec cette infaillible précision du descendeur. Mais un dimanche où nous dînions chez lui, pour l'un de ces repas qui nous rassemblent parfois, en famille, tous les quatre, mon père a raconté quelque chose. C'était pour Carole, ce récit. Mon père sait que pour la charmer, il ne s'agit pas de rivaliser avec elle mais de lui confier des histoires. Nous sommes dans cette salle à manger, devant les fenêtres fermées, la bise siffle sur les vitrages, renverse les nuages. C'est mon frère qui a mis la table et tout est dépareillé, les verres de Baccarat, de Passavant-la-Rochère, de Nancy, de Bohême, les assiettes de Sarreguemines, Moulin des Loups, Stoke-on-Trent, Moustiers. Mon père ouvre des truites, les farcit de champignons, de persil, d'échalotes. En cuisant, elles perdent leurs éphélides. Leur peau se froisse, se rompt, se rétracte. Mon père remplit les coupes de ces vins caractériels et oxydés qui grandissent ici. Derrière lui, le lac remue ses matières, ses couleurs d'huître. C'est une grande bouche bouillonnante, chargée d'écume. Les yeux de mon père ont les mêmes éclats changeants, vert-de-gris. Ses paupières, le poids des vieilles choses. Elles se referment à chaque coup de soleil. Sa voix suffit à remplir la maison, jusqu'à la dernière encoignure.

C'était à Sapporo, lors des Jeux d'hiver de 1972. Invité par Joseph Comiti, alors secrétaire d'État chargé des Sports, mon père s'était retrouvé, à un jet de javelot du village olympique, dans un de ces hôtels internationaux qui vous logent dans des literies géantes et des moquettes grouillantes d'acariens. L'hiver du Japon, mon père le trouva plus ténébreux que le nôtre. La neige non plus n'était pas la même. Des coulées de flocons se formaient soudain dans l'air et recouvraient l'île d'Hokkaido d'une matière dense et profonde où les glisseurs ouvraient des voies parfaites comme jusqu'alors seuls les songes leur en avaient donné. La ville avait un siècle, mais les plus anciens bâtiments n'étaient que des îlots dans l'architecture d'une cité moderne, plus américaine que japonaise lui sembla-t-il, avec ses galeries souterraines, ses avenues plus larges que des fleuves, ses tours illuminées par les annonceurs. Les parcs étaient pour ainsi dire impraticables, enfouis sous des strates d'hiver. Il en émanait plus que de la mélancolie, une résistance sourde, comme si quelque chose d'avant les hommes avait persisté là. Le disque solaire du drapeau japonais, les anneaux de l'olympisme pavoisaient la ville. Coupé de son passé comme de son fuseau horaire, mon père vivait soudainement pour lui seul. Il s'endormait pendant les compétitions, passait ses nuits au bar, se promenait le long du parc Odori, aménagé à l'emplacement d'un ancien mur coupe-feu et partagé en treize jardins envahis par une neige profonde, fendant la ville jusqu'aux découpes de ses montagnes. Dans un minuscule restaurant ouvert à toute heure, il se nourrissait d'assiettes de mouton cuit dans du lard fondu, de ramen au maïs et au beurre, de la présence muette du cuisinier avec lequel il communiquait par signes. Ma mère lui fut présentée au lendemain de sa course, dix kilomètres dans la neige du Makomanai, remportée par Kulakova, la fondeuse d'Oudmurtie. Elle n'avait rien gagné. Son sang bouillait. Son rêve mort la travaillait déjà, sans qu'elle s'en doutât, formant en elle d'immenses creusets d'ambition. Il y avait eu des larmes, après tant d'efforts. Le chagrin terrible d'avoir été si près de l'exploit. Elle en garderait pour toujours une tension particulière. S'être relevée lui coûterait sa légèreté. Mais elle ne se savait pas encore si amère. Mon père aussi était un combattant. Mais, cravaté d'un foulard motif plumes de paon, lui portait ce costume d'homme d'affaires, la chemise repassée, la veste à pochette, et fumait ses gitanes sans se soucier de ne plus pouvoir respirer, après. Il avait vingt-cinq ans de plus qu'elle, perdu une femme et deux enfants dans l'incendie de leur maison. Il avait les cheveux blancs, les cordes vocales rayées par le tabac, ce masque aigu qui vient aux hommes autoritaires. Ces deux endeuillés s'aimèrent. Ils oublièrent le Japon. Les Olympiades finissaient, Kulakova avait tout gagné et ma mère ne courrait jamais plus. Le ciel couvrait l'île d'Hokkaido de nuages, les nuages la couvraient de neige, la neige la couvrait de silence. C'est ainsi que l'île disparut derrière la fenêtre de leur chambre.

Ils se marièrent l'année même. Je suis né six ans plus tard, Jonas quatre ans après moi. Ma mère n'a pas eu à déchirer les portraits de la première épouse. Aucun souvenir n'avait réchappé aux flammes. Mais moi j'ai cherché les fils, Simon et Tobias. Je les ai vus sur les photographies des classes du cours préparatoire, encadrées au mur de l'école primaire. Deux garçons inconnus et intouchables, vitrifiés dans leur sixième année. Mon père avait quitté le haut plateau après la tragédie et s'était installé dans la maison de Messia, héritée de sa mère et restée telle que celle-ci l'avait connue dans l'enfance. Après son remariage, il décida de faire construire une extension. La partie ancienne est en pierre, la partie moderne en bois. La pierre est bleutée, traversée de lignes ocre, le bois est noir, veiné de gris. Une galerie prolonge le séjour du côté du lac. Il n'y a pas d'autre maison sur les rives de Messia. Il est interdit depuis longtemps de construire ici. Lorsque mon père a obtenu son permis de bâtir, des types ont peint sur les routes, sur les rochers, sur des drapeaux fichés au cul de petits bateaux bondissant sur le lac : *Sangor sans loi*. Avait-il payé des dessous-de-table ? Je n'en sais rien. Après tout, la maison était là depuis longtemps, depuis la Révolution, et peut-être même avant, et l'extension n'a rien défiguré. Les slogans ont mis des années à s'effacer. J'étais au collège qu'on pouvait encore les déchiffrer, sur certaines parois, en lettres géantes et colériques.

La rumeur, elle colle à mon père depuis toujours, bien avant l'incendie de la maison des hauts dont on a prétendu qu'il était l'auteur, bien avant son enfance de garçon riche et rudoyé, bien avant sa naissance. Les Sangor ont prospéré, c'est vrai, sur le trafic de la poix, du fer et du sel. Pour les maudire on reprendrait volontiers les vers de François Villon, on les voudrait transformer

En réalgar, en arsenic rocher,
En orpiment, en salpêtre et chaux vive

pour avoir pris à la montagne ses trésors, ouvert des mines et des maisons de forge dès le XVIIe siècle, cette vieille fortune qu'on assimile à une rapinerie, ce qu'elle est, oui, certainement.

Quelques années après la mort de ma mère, mon père s'est mis à la peinture. Il n'avait jamais fait ça avant, que je sache. Mais vous avez raison, je ne sais pas tout de mon père. Ma femme elle-même, cette occultiste, n'a pas percé tous ses mystères. Il n'est pas allé dans la librairie de notre ville, dont le rayon art et papeterie se réduit à quelques blocs pour écrire et des boîtes de pastels qu'on offre à Noël. Il est parti en expédition jusqu'à Lausanne. Il a rapporté des couleurs, des pinceaux, du papier, assez de matériel pour dix ans. Il peint des cerfs, des daims, des chevaux, uniquement des ongulés. Sûrement pas ce que vous espérez. Ses chevaux ont marché, trop longtemps, ont marché des jours et des nuits et des semaines, remonté des fleuves de boue, ils en sont couverts, leurs têtes tirées vers le bas, leurs yeux aveuglés, leurs crinières indémêlables. Ce sont des chevaux de guerre, figés dans les secondes lignes des batailles, attendant que le feu les prenne. Ils ne bronchent pas. Ils ne tremblent pas. Ils sont entre deux mondes, ni vivants ni morts, un rien peut les faire basculer de l'un ou l'autre côté. Mon père fait couler derrière eux des rivières saumâtres, inonde les campagnes, donne au ciel la même tristesse sale. Sur certaines toiles, ces chevaux sont serrés les uns aux autres au point qu'on ne distingue qu'une sorte de masse à cent têtes, qui vous regarde du fond de la peinture. Sur d'autres, ils sont protégés par des couvertures, celles-ci détrempées, collantes de la glèbe dans laquelle ils se seront roulés, aussi raides que des armures. Chevaux de terre, chevaux de pierre, immobiles comme nos montagnes.

Un autre de ses sujets de prédilection c'est le lac. Notre lac, qui n'est jamais le même. Notre lac, qui est un œil, une bouche, un ombilic. Notre lac, qu'il étudie ainsi qu'on le ferait d'un miroir. Mais n'ayant jamais pris le moindre cours, en dédaignant même l'idée, mon père peint comme un vandale. Il y a partout des problèmes de perspective. Des chemins jaunes qui s'élargissent dans le lointain. Des mélèzes qui se cassent la gueule hors du cadre. Ses animaux sont difformes, anamorphosés, incomparablement laids.

Lorsque je demande à Carole ce qu'elle pense des tableaux de mon père, elle élude. Pourtant c'est elle, la spécialiste. Son métier, c'est lire l'œuvre des peintres, reconnaître, expertiser. Les toiles, les pigments, les petites mains qui travaillent dans l'obscurité, les grands qui signent, heureux soient-ils. Elle sait que telle couleur est une pierre broyée, telle autre une racine, elle sait que nos montagnes avant de fournir les industries ont nourri de leurs pigments les ateliers d'artiste. Mais elle s'interdit tout commentaire sur ce que produit mon père. Dieu merci, il ne sort pas ses toiles de son atelier. Il n'a jamais tenté de m'en offrir, ni d'en installer dans l'entreprise où il a toujours un bureau, bien qu'il n'y vienne plus jamais. Il ne les montre d'ailleurs à personne et n'a jamais fait la moindre tentative pour les exposer. Il en fait des tas sur le plancher et il pose dessus son transistor et son cendrier. Un jour, il faudra mettre le feu à tout ça et je suppose qu'il compte sur moi. Ne suis-je pas son héritier ? Ne m'a-t-il pas déjà remis les clés de son usine ?

L'entreprise est spécialisée dans les assemblages mécano-soudés de superalliages. Nous fournissons l'aéronautique, le nucléaire mais aussi le secteur médical. Nous soudons des formes complexes, des matériaux qui seront bientôt plus précieux que l'or. Je parle de métaux de transition comme le cobalt, le titane ou le tungstène. Je parle de richesses prises aux ténèbres de la terre, de celles qui dorment dans nos montagnes. C'est moi qui ai développé la fabrication d'outils chirurgicaux. Et c'est ce secteur qui nous permet aujourd'hui une croissance exceptionnelle à deux chiffres. J'ai embauché des ouvriers spécialisés dans le soudage Tungsten Inert Gas. Léontin forme toutes nos recrues. Dans nos ateliers, on se croirait dans une station spatiale, avec des gars enfouis dans des combinaisons ignifugées, affublés de casques énormes, aux visières bleues, d'autres qui jouent aux fées électriques, les doigts prolongés de fers miniatures pour des soudures indétectables à l'œil nu. Mon père, c'était une autre école. Il a beaucoup misé sur la production énergétique. Nous avons gardé une expertise dans la réalisation de pièces pour les turbines mais si je n'avais pas entrepris de diversifier notre activité, voici dix ans, quand mon père a décidé de se retirer, l'entreprise serait mal en point. C'est fini, voyez-vous, les grands travaux, les chantiers pharaoniques, l'investissement pour plusieurs générations. Maintenant, on répare. La nature, les humains, la société, tout est à réparer. Nous faisons du sur-mesure. Des pièces uniques. La renommée de nos alliages a franchi les frontières. C'est Léontin qui en est l'artisan. Il m'arrive de plaisanter de ses tatouages, de prétendre qu'il a nos formules écrites sur la figure. Cela ne doit pas occulter ce que je lui dois. Nos secrets industriels. C'est pourquoi ces drones m'inquiètent. Que filment-ils à travers nos fenêtres ? Seulement nos visages angoissés ou les carnets de Léontin et mes propres notes sur mon bloc de bureau, les cartes que j'ai fait établir sans lésiner sur la dépense ?

Avant de devenir capitaine d'industrie, j'ai été un espoir du combiné nordique, vous savez. C'est ma mère qui m'avait placé sur la rampe, tout môme, pour de petits envols initiatiques. Je ne savais pas qu'un jour je verrais les forêts du haut de leurs cimes, comme les voient les oiseaux, qu'élancé dans les airs entre deux masses de sapins enneigés, je sentirais leur ombre se refermer sur moi à la vitesse de la piste d'atterrissage, comme une main se referme, ou comme vos paupières retiennent un regard. La phase de vol n'est pas un moment silencieux, contrairement à ce qu'on pourrait croire.

L'air chante sur les skis. La pente craque comme un orage. Et le sang inonde votre cœur, martèle vos tympans. Mais sauter, le samedi, le dimanche, ça n'était pas assez. L'après-midi, en rentrant de l'école, je chaussais les skis avec Jonas et nous suivions ma mère, les deux rails fermement dessinés dans la neige et ses cheveux dansant sur son dos, sur un pull jacquard, une cotte de laine piquante, empestant l'embrocation. Une heure d'entraînement, parfois davantage. Lorsqu'il faisait noir, nous déclenchions nos lampes frontales. Ma mère avait été médaillée et nous voulait à son image, compétiteurs acharnés, sprinters affûtés et inlassables. Il y aurait les frères Sangor, Jason et Jonas, dans la légende du combiné. Je suis allé jusqu'aux championnats junior. Alors que mon frère s'était déjà fait prendre à voler dans les cimetières des fleurs en porcelaine, des plaques ornées de portraits photographiques, des bouquets desséchés, j'enchaînais les courses. Ma mère n'était jamais loin de la ligne d'arrivée. Jusqu'à la fin elle a gardé son masque d'hiver, un loup pâle autour des yeux, la trace de ses lunettes de soleil. Mais moi je ne cours plus depuis longtemps.

Avant qu'elle meure, je n'ai pas donné à ma mère l'ultime délivrance qu'aurait constituée un trophée majeur. Mon frère en revanche a jeté l'opprobre sur toute la famille, qui n'en demandait pas tant. Pendant presque huit mois, il y a de cela vingt ans, les cimetières de la région avaient été régulièrement razziés. Pilleurs de tombes, voleurs de mémoire, titraient les journaux d'ici. Les céramiques mortuaires, spécialement les fleurs - soucis, primevères, myosotis, roses bleu foncé et fleurettes blanches –, ramassées sur cinquante kilomètres à la ronde, on les a retrouvées entassées dans une cabane que Jonas avait construite lui-même, dans un bois reculé, au bord d'un étang. J'y suis allé une fois, pour me rendre compte. Bien après le scandale, l'internement, le décès de ma mère. La cabane était toujours là, toute noire, du bouleau sans doute, écorcé à la serpe, luisant d'humidité. Des oiseaux battaient la surface de l'eau à la recherche de nourriture. Ils étaient plusieurs centaines. En route vers l'hivernage. Je sais un peu ce que c'est qu'être un oiseau, ne l'oubliez pas. J'ai descendu la rampe dans la brume, comme une bête de nuit. J'ai plané jusqu'à huit secondes avant de me recevoir dans la neige. La légèreté me durait bien plus longtemps. Pendant des heures, je dominais le monde. À présent, je suis trop lourd, trop lent. Je n'ai plus sauté depuis des années, c'est vrai. Qui je suis pour prétendre qu'il m'en reste quelque chose ? Je n'oblige personne à me croire. Carole, elle dit que je ne suis jamais retombé. Mais elle parle peut-être d'autre chose. Peu importe. Ce que je voulais vous dire, c'est qu'il restait des pierres, plantées dans le sol instable de la berge. Des pierres gravées de noms de fantaisie. Les oiseaux les effleuraient de l'extrémité de leurs plumes grises. J'ai supposé que Jonas les avait taillées lui-même. Sans quoi elles auraient été emportées, réinstallées dans leurs lieux d'origine ; la gendarmerie a passé assez de temps à tout reconstituer. J'ai perçu l'immensité du projet. Cette nécropole, on voyait bien qu'elle était destinée à couvrir la combe, qu'elle franchirait le col, qu'elle s'étirerait peu à peu, peut-être jusqu'à la mer du Nord. C'était le projet d'une vie. Engloutir le Jura, les monts Faucilles, de la Meuse et de l'Argonne sous un immense cimetière.

Clebs, le molosse de mon père, se pointe toujours quelques instants avant lui. Le voilà installé au milieu de la pièce, sur le tapis chamarré que mon père a disposé comme un passage, toute une ménagerie d'oiseaux des tropiques, aux plumes pourpres, incarnates, vermeilles qui volent sans bruit sous nos pieds, et au revers de leurs ailes que nous ne verrons jamais, à travers le chatoiement de l'air et des nuées, on devine dans un lointain vertigineux la forme d'une île, mais croyez-moi ça fout un choc ces reliefs vers lesquels on se sent basculer si par malheur on vient à baisser les yeux en traversant le salon. D'ailleurs, Clebs tient sa tête bien droite, sa truffe humide pointée vers la double fenêtre, affectant de ne pas nous voir, et sans doute résiste-t-il à la tentation de regarder sous ses pattes entre les nuages, il a beau n'être qu'une bête, lui aussi il connaît l'appel du vide. Et voilà le pas chargé d'autorité de mon père, et le voilà lui-même, le teint hâlé par les efforts auxquels il s'oblige chaque jour, entraîné aux avirons à travers le lac, s'affrontant à la force des pédales aux durs dénivelés qui séparent cette maison des crêtes ou tirant ses dix kilomètres de ski de fond, le tour du lac. Il a le nez courbe et fort, le regard gris, les lèvres coupantes et sombres. Il s'affuble de pantalons de chasseur, en coton épais, renforcé de Cordura. Sous ses pulls, il porte des sortes de cottes de laine abrasée, couleur métal, et c'est précisément dans cette tenue, toutes les autres épaisseurs retirées, qu'il vient nous rejoindre devant les images silencieusement flamboyantes du téléviseur. Carole se charge de tout expliquer mais il savait déjà, nous ne sommes pas les seuls réfugiés descendus des crêtes, il s'est arrêté aux Planques, le plus proche village, pour nous ravitailler. Il regarde un instant l'incendie capturé par les drones, ses giclures de flammes dans les arbres et la neige, et puis il lève la tête et mon frère surgit de nouveau derrière la vitre, nous fixant sous son dôme de bois, et cette fois il fait nuit, dans son dos le lac couleur de lune remue ses laitances.

Je pense à ma maison obscure sur Furieuse, aux mots qui chuchotent entre les pages des livres refermés, tout ce qu'écrit Carole, tout ce que je ne lis pas. C'est là qu'il faudrait être, tous les deux. Charger le poêle de bois, se parler à peine en suivant du regard les flammes, le toit sur nos têtes portant les étoiles, les constellations, la naissance de l'univers cachée quelque part, invisible aux télescopes. Je ne serais pas ce souffle pénible, ces gestes irrités, tout ce que je redeviens dès que j'entre ici, un garçon qui n'a rien dit de ses colères.

Mon père est si vieux qu'il ne vieillit plus. Il est le même depuis vingt ans. Depuis que ma mère est morte. Aussi loin que je me souvienne, il utilise le même rasoir qu'il branche n'importe où, aux prises de la cuisine, du séjour, à l'allume-cigare de sa voiture, plusieurs fois par jour et pourtant ses joues ne sont jamais nettes, percées d'un poil dur comme la paille de fer. Lorsqu'il ne nous reçoit pas, il mange debout le plus souvent, des repas sommaires dans une assiette à fleurs bleu nuit, avec une lourde fourchette d'argent, s'essuyant les lèvres sur une serviette en coton. Il m'arrive de le croiser dans Cuisance, dans un costume sur mesure, un de ceux peut-être qu'il portait à Sapporo, qui efface son estomac mastoc d'homme fait. Qui vient-il voir ? Son notaire, son banquier ? C'est un homme sans amis mais qui a ses obligés, une cour aimantée par ses millions, malmenée, bousculée, toujours remplie d'espérance. C'est tout juste s'il me calcule, s'il me jette un regard. Il a sa table attitrée au restaurant de la ville, d'où il voit tout le monde, où tout le monde le voit. Il m'arrive de faire des kilomètres pour éviter de manger là. Je fais réserver des couverts à Dole, Arbois, Champagnole. Mes commensaux s'étonnent de ces distances. Sage grogne des commentaires insultants. Mon père sans doute ne remarque pas mes absences. Ses cheveux argentés accrochent la moindre lumière. Ils brillent jusque dans la nuit. Dans la Bible, je lis : *Les jours d'Isaac furent de cent quatre-vingts ans. Il expira et mourut, et il fut recueilli auprès de son peuple, âgé et rassasié de jours.* Rien de cela ne m'étonne. Je ne compte plus depuis longtemps. D'ailleurs mon père ne fête pas ses anniversaires.

Dans la cuisine se mêle à l'arôme aigrelet du metton en train de fondre l'odeur forte des cotis fumés et des rattes encore terreuses. Nous avons entamé le savagnin et aurons sans doute vidé la bouteille avant de commencer à manger. Le chien a posé sa gueule sur la table et s'emplit les narines de tous ces parfums, de ses paupières presque closes filtrent des lueurs de désir, des sortes de larmes.

Mon père, qui a consacré sa vie à l'industrie, parle d'art avec ma femme. Il est vrai que ça s'est fait ensemble, il y a dix ans tout juste, la conversion de mon père à la peinture, l'entrée de Carole dans notre cercle. Ils ont vu la même exposition au Frac de notre capitale. Une installation de Susanna Fritscher, *Weisse Reise*, Promenade blanche. Une œuvre qu'on traverse plus qu'on ne la regarde. Des pans de film blanchâtre suspendus entre lesquels ils ont passé, à quelques jours d'intervalle, en apercevant au travers le monde exactement tel qu'il est mais couvert d'une peau brumeuse, d'opercules de lait. Moi qui n'ai rien vu, rien capturé en souvenir, je débarrasse les assiettes, je débouche une troisième bouteille. Coiffé d'une casquette publicitaire à nos couleurs, Jonas s'est affalé dans le canapé et il sommeille, devant le téléviseur toujours branché sur les chaînes d'actualité. Il ne doit pas se passer grand-chose, dans le monde, car on ne décroche pas de nos incendies, ce qui me permet de surveiller d'un œil la progression des feux mais, à mon grand soulagement, ils ne descendent pas, ils ne se développent pas vers le fond du cratère, là où sont la ville et mon usine, ils rampent vers les étoiles et la guirlande des camions qui les arrosent, d'un chemin forestier hâtivement ouvert à la force des bulls. De temps à autre, un technicien relance la séquence matinale des fenêtres de Métalor. La gueule que j'ai, là-dessus.

Engoncé dans un fauteuil, j'attends que tout s'efface : les manteaux des grands-oncles qui se promènent dans la maison, tantôt l'un tantôt l'autre sur le dos de Carole, les voix fantomatiques de ma femme et de mon père, mon frère si innocent dans son sommeil, cet incendie dans la montagne de neige. Je guette ce moment où une hallucination finit par se dissiper, en un sursaut. À la place, j'ai soudain sous les yeux, à l'écran, une vue de nos vallées serties dans leurs falaises, qui ne communiquent que par des tunnels, des voies d'eau souterraines. Des milieux que la géologie a isolés les uns des autres, que les hommes ont réunis par force, usant de coûteuses technologies pour contrarier ce qui fut durant des millénaires le lot de ces reculées : elles étaient des refuges, des ombilics de calcaire, refermées comme sont les coquillages.

Je n'ai pas trouvé le sommeil dans ma chambre d'enfant. Carole dormait sans un mouvement, comme elle dort toujours, par respirations lentes et régulières, une pellicule de sueur me collant encore à ses reins. J'ai fini par me rhabiller en tâtonnant et je suis descendu sans allumer jusqu'au salon. Les mêmes images continuaient à se projeter dans le téléviseur, et il y avait quelqu'un pour filmer l'incendie dans l'obscurité, plus vaste, plus inexorable, plus vivace, éclairant à ses bornes un champ confus de suie et de débris calcinés que balayaient des fumées grisâtres, repoussées vers le fond par le barrage des lances à eau. J'ai farfouillé dans la cuisine, à la recherche d'un verre et d'un fond de bouteille, avant de prendre mon poste sur le canapé. Dehors, blanchi par la lune, le lac gelait. Sur la surface désunie, de vastes lentilles se soulevaient, fixant avec elles une eau dense, à demi prise. Un homme longeait la rive, au loin, d'un pas hâtif. Je ne l'ai pas reconnu tout d'abord. Je l'ai vu s'empêtrer dans un fossé, s'effacer dans un bois où la lumière lunaire n'entrait pas, réapparaître à une centaine de mètres de la maison. Soudain Clebs a surgi devant la baie vitrée. Il était plus grand, dans la nuit. Mon père aussi avançait à pas géants. Lorsque j'ai fait coulisser la fenêtre, j'ai tout entendu. Les fissures du lac, les herbacées cassantes, le roulement de la lune. La nuit gardait en elle ce que mon père était allé y chercher à cette heure avancée, mais quoi ? L'incendie avait dorénavant assez d'ampleur pour que dans nos fenêtres, au-delà de la station-service et des hauteurs de Chalam, la nuit soit agitée de puissantes rougeurs. Le lac lui-même paraissait rempli de matière en fusion.

Là où sont les dragons, répondait ma mère lorsque, enfants, Jonas et moi demandions où était mon père, absent au matin, absent une puis plusieurs nuits. *Hic sunt dracones*, c'est ainsi que les géographes des temps lointains nommaient les régions inexplorées de leurs cartes. C'était la vie de mon père, loin de nous, hors de nous, dont nous ne savions rien et dont je continue à ignorer presque tout, et ma mère, qu'en savait-elle, elle qui vivait seule mais qui dormait avec lui, que savait-elle des vies que vivait mon père ? Enfant puis adolescent, j'ai presque tout entendu. Des légendes. Des calomnies. Des infamies. Je n'ai rien répété. Je n'ai rien oublié.

Mon père s'est défait de ses polaires jusqu'à sa cotte d'argent tandis que je lavais pour lui un verre. Pour la première fois depuis des années, nous étions seul à seul. Oui, adossé chacun à la solitude de l'autre, c'est ce qu'il m'a semblé. Il faisait encore plus froid l'année où ça a brûlé, sur les hauts, a dit mon père, et j'ai constaté que nous avions les mêmes réflexions, que la même flamme remontait une même mèche dans notre cerveau. J'ai eu envie d'appeler Carole, de réveiller la pensée. Le lac est venu à la place. Il brûlait. Son disque cuivré se dédoublait dans la maison. Nous l'avons regardé durcir dans cette fournaise qui remplissait le ciel. La maison était dedans tout entière. Une ombre dans un œil d'or.

Mon père a monté l'escalier jusqu'à sa chambre, faisant tout grincer sur son passage, tandis que son chien tournait et retournait au bas des marches, sur sa vieille couverture. Qu'aurais-je pu lui demander de plus ? Est-ce que je ne savais pas ce qui s'était passé cette nuit-là ?

Il se trouvait dans les Vosges, sur le site d'une ancienne mine, où il espérait trouver de l'uranium en quantité exploitable. Quelqu'un avait réussi à le joindre, au milieu de la nuit, sur le téléphone d'une réception d'hôtel, dont le veilleur lui tendit le combiné. Il laissa ce qu'il était, avec ses effets éparpillés dans sa chambre, qu'il retrouverait quelques semaines plus tard.

C'est un homme éperdu qui pousse sa voiture à travers le pays profond, dans ses bois obscurs, sur ses routes désertes. Il est en train de tout perdre, on ne lui a pas caché que tout était consommé, comment s'y résoudrait-il ? Il faudra vivre avec cette déchirure, son entière jeunesse abandonnée derrière lui, dans cette mue violente d'une nuit, émerger dans les atours neufs d'un homme qui effraie, que son malheur achève de mettre à l'écart, à qui l'on fait une réputation d'incendiaire à la hauteur du pouvoir qu'il exerce sur la contrée, d'une fortune qu'on imagine considérable, ce qu'elle est, assurément.

*

Carole m'a réveillé vers huit heures. Je m'étais endormi sur le canapé, j'étais fourbu de courbatures. Carole apportait sur un plateau deux tasses de porcelaine et la verseuse assortie, remplie d'un café fort.

— Tu ferais bien d'aller voir, m'a-t-elle dit.

Et d'un coup de menton elle a désigné l'écran. Le jour se levait à peine mais on voyait que par une ébréchure l'incendie se déversait à présent vers la cuvette. Le feu avait poussé en direction de Furieuse jusqu'à d'énormes congères qui le contenaient de toute une masse de neige et de glace où la lumière du matin révélait un faible halo bleu. Son élan refluait en vastes remous qui s'épargnaient les maigres broussailles des clapas pour s'enrouler sur les sapins, en contrebas. Dans un pantalon de serge kaki que je ne lui connaissais pas, sa capote d'officier sanglée à la taille par un épais ceinturon, le tout exhalant une odeur de tabac qui m'a pris à la gorge, Carole s'est installée dans un fauteuil tandis que je m'extirpais de la couverture dont je m'étais enveloppé, à une heure avancée de la nuit. Elle m'a tendu une tasse. J'ai déjeuné rapidement de ce café fort, d'une tranche de lard et d'une tartine de cancoillotte dont la peau fripée tremblait sur mon pain. Je n'ai pas pris le temps de me raser. En sortant, passant devant l'atelier de mon père, je l'ai vu déjà occupé à sa peinture. D'un bol serré dans sa main gauche, il levait un pinceau et sous la coulure se formaient les troncs noirs, ébréchés et tronqués d'arbres brûlés. C'était morne, affreux, tout à fait dans son style, ai-je pensé. Derrière la vitre, Clebs a soulevé une paupière et dirigé sur moi son œil jaune, inexpressif. J'ai gratté le pare-brise, je suis monté dans ma voiture et j'ai démarré.

Le lac gelait sur ses rives, par plaques opaques, coagulant les herbes hautes, brunies par le froid. J'ai longé la pelouse qui éloigne imperceptiblement les automobilistes du rivage. Sur mon tableau de bord, la température extérieure était annoncée à moins douze degrés. C'était assez, ai-je pensé, pour contenir l'incendie. Puis je me suis souvenu de la maison de mon père, sur les hauts, ravagée par un feu au plus dur d'un hiver. Cette maison-là, je ne sais pas quels avaient pu être ses pouvoirs. Du reste, je ne l'ai vue qu'une fois, un jour où nous randonnions avec l'équipe du combiné. Jusqu'alors, je ne sais comment, tous les chemins m'en avaient écarté. C'était, dans la très légère cavité d'un vallon, un carré de pierres calcinées, des murs comme écorchés et toujours hurlants, que la prairie de printemps battait d'une vague souple. Les graminées produisaient ce bruit de crécelle que je peux réentendre, à volonté. Quelque chose de moi était là, sans que je le veuille ni ne le puisse empêcher. J'eus à peine le temps de m'en rendre compte. Mon corps déjà était passé. Le mouvement de mes camarades m'emportait. Je franchissais le mont. On m'avait rapporté que l'incendie s'était vu de très loin, par les trouées qui relient les hautes combes les unes aux autres, ce qui avait permis d'alerter les secours.

Avant même de m'extraire du tunnel j'ai senti le feu. De sombres traînées de fumée encombraient le fond de la vallée, sous un ciel glaireux, bouillonnant de cendres. J'ai remonté ce flot âcre. La ville était dehors, voilà ce que je peux dire. Et sans doute, ici, personne n'avait dormi. J'ai levé le pied parce que les gens se groupaient sur la chaussée pour mieux voir, par-dessus les toits compacts de leurs maisons, et en m'avançant contre le pare-brise et en levant les yeux, moi aussi je distinguais nettement le cercle de feu, plus haut d'une dizaine de mètres à présent mais qu'une coulure orientait avec précision vers Cuisance par un enchevêtrement de sapins embrasés. À l'usine, les ouvriers stationnaient dans la cour, certains encore harnachés de leurs équipements de sécurité, baudriers et gants argentés. Léontin est venu à ma portière et sur son front plissé les bordures de ses tatouages se sont rapprochées jusqu'à former un signe qu'il m'a semblé reconnaître mais qui s'est effacé aussitôt, laissant dans ma mémoire une pointe aveugle.

— Patron, si le feu descend, je donne pas cher de Métalor.

Alors qu'il parlait de commander des camions pour tout embarquer, je l'ai laissé en plan et j'ai pris le chemin de la mairie.

J'avais oublié les équipes de télévision. Elles étaient agglutinées devant l'hôtel de ville, les speakers dos à l'édifice ânonnant les dernières nouvelles en direct, transis par la froidure. Engoncés dans des parkas d'himalayens, des types trempaient des croissants dans des gobelets de café fumant, prêts à dégainer leurs caméras. L'un d'entre eux m'a hélé sans conviction tandis que je franchissais les grilles. J'ai pensé qu'à Messia Carole me regardait peut-être gravir les quelques degrés de pierre grise du perron et franchir les portes vitrées du bâtiment. Comment avais-je pu devenir une image ? Je me suis revu dans la lucarne, tel que mes propres yeux la veille n'avaient pu me reconnaître, et j'ai pensé que la ville tout entière, dédoublée dans l'œil des écrans, flottait comme un hologramme.

Noirot, le maire, était confiné dans l'hôtel de ville sous les ordres de la sous-préfète. Il s'agitait au milieu de cartes de l'IGN étalées dans son bureau, gribouillées, surlignées, hachurées, impuissantes. Il a tout lâché pour m'entraîner par un étroit couloir jusqu'à l'autre extrémité du bâtiment. Le parquet grinçait sous nos pas, une rumeur de jingles, de sonneries téléphoniques traversait les cloisons, la lumière du jour clouait au fond du corridor une embrasure irrégulière. Nous nous sommes arrêtés au pied d'une fenêtre qui donnait sur le cratère. On voyait très nettement la manière dont l'incendie décrochait désormais vers le bas, sur une portion équivalente, à cette distance, à deux empans de forêt. Un homme, durant la nuit, dans le combat contre le feu, avait été gravement blessé par la chute de branchages qui l'avaient emporté dans le brasier. Noirot redoutait d'apprendre à tout instant la nouvelle de son décès. Je lui ai demandé s'il comptait abattre une ligne d'arbres pour couper l'élan de l'incendie.

Il m'a pris de haut, mais voyez-vous je sais comme lui la difficulté que présentent ces versants, excessivement abrupts, où les tronçonneurs doivent s'équiper comme des alpinistes. Il a prétendu que la situation était sous contrôle et je n'ai pas fait semblant de le croire. Un instant, j'ai pensé que Léontin avait raison et qu'il fallait évacuer. Puis j'ai vu un Canadair pousser son fuselage rouge et or à travers les fumées. La nappe d'eau, précise, écrasante, a noyé l'enclave ouverte dans la pente. Noirot m'a serré le bras.

Nous sommes restés longtemps. Les avions lâchaient sur l'incendie l'eau des lacs, une eau vieille peut-être de cent ans, peut-être de mille, aussi froide qu'est la pierre. Et le ciel se remplissait de nouveau de neige. Nous étions glacés dans cette salle qui n'était pas chauffée, qui n'était pas non plus meublée, qui avait pour seul ornement un immense tableau flanquant la fenêtre, deux vastes panneaux pour être exact, réunis en une scène unique que le jeu entre les deux moitiés partageait d'une ligne creuse et noire, épaisse comme mon pouce. Il m'a paru étrange qu'un sujet religieux soit accroché là, dans cet antre républicain, une *Fuite en Égypte* à ce qu'il m'a semblé, la jeune mère blottie avec son enfant sur le dos d'une mule dont on presse le pas dans des paysages alpestres en tout point semblables aux nôtres – sapins noirâtres, abrupts lointains veinés de bleu, ciel d'asphalte, pressant, anxieux. Noirot, lui, ne voyait rien. L'incendie remplissait son cerveau, le dévorait du dedans, l'empêchait de penser comme de dormir. Il a fait quelques pas vers le couloir, pataugeant sur le parquet dans l'ourlet de son pantalon trop long, laissant derrière lui une bande pâle dans la poussière.

J'ai pensé à Carole. J'avais un cadeau pour elle. *La Fuite en Égypte.* Des tableaux comme celui qui était accroché là, elle en avait débusqué quelques-uns. C'était son nouveau dada. C'était son prochain sujet, après Peter Doig. Les tableaux perdus de Dunod de Charnage, un peintre presque oublié du XVIIe siècle dont les œuvres sont absentes des musées, reléguées sur les murs d'administrations indifférentes. Elle menait des enquêtes, elle faisait ouvrir des églises de village fermées depuis des lustres, dans des silences de sépulcre elle éclairait à la torche des toiles envahies d'araignées. J'allais lui apporter, comme la tête de Jean-Baptiste sur son plateau, un nouveau trophée.

Alors que je quittais la mairie, une nuée de cendres m'a soustrait à la capture des objectifs. J'ai pris dans mes doigts un peu de cette neige pulvérulente et grise, si légère que mon souffle suffisait à la pousser devant moi, si compacte qu'elle couvrait déjà complètement ma vieille berline. Une nouvelle fois, j'ai raclé le pare-brise. L'odeur de brûlé, extraordinairement âcre, soulevait le cœur.

Faisant quelques pas pour contourner ma voiture, à hauteur du pont, j'ai glissé sur la chaussée verglacée. Je n'étais pas le seul à ne pas tenir debout. J'ai fait comme tous ceux qui passaient là, je me suis retenu à la rambarde, ou c'est elle qui m'a retenu. En contrebas, la rivière n'était pas tout à fait sortie de la nuit. Elle avançait en grondant, aveugle et noire. Pendant quelques instants, j'ai guetté l'impact des pierres sur les piles. Des coups sourds, multipliés par la vigueur des flots. Le tablier vibrait légèrement. Par la grâce de ce tremblement, qui l'a fait luire dans le peu de lumière, j'ai vu qu'un pendentif était tombé dans la cendre. C'était un hippocampe tourné dans le métal et doré à la feuille, de l'épaisseur d'une phalange d'auriculaire. Sur la tête échevelée, une pierre rouge marquait l'emplacement d'un œil. Un fin lacet était passé dans le chas. Je l'ai empoché sans rien demander à personne. Je trouverais bien quelqu'un à qui faire la surprise de le lui passer autour du cou. Sage, tiens, cette forcenée qui garde la porte de mon bureau et me fait marcher doux. J'ai ri rien que d'imaginer la chose. Et puis, chassant des pieds comme font les patineurs, j'ai atteint ma portière.

À la radio, les orateurs se succédaient. Il y en avait pour expliquer qu'une substance inconnue, venue d'une autre planète, faisait brûler Cuisance. D'autres parlaient d'une faille, remplie à la sauvette de combustible nucléaire. On lâchait la raison, en direct. J'en riais tout seul. Des fumerolles traversaient la ville, tels des esprits frappeurs. L'air brasillait de flocons de feu.

La cour de l'usine cette fois était vide. La cendre y tournoyait encore, par paquets impétueux dans lesquels on pénétrait sans bruit, sans dommage. À mon grand soulagement, l'incendie semblait reculer. Les pompiers concentraient leurs forces sur l'ébréchure qui menaçait la ville et avaient abandonné à eux-mêmes les foyers qui dévoraient les pentes sous l'anticlinal, convaincus que le feu céderait seul, vaincu par l'inertie des roches dès qu'il les atteindrait. En ouvrant la portière de ma voiture, j'ai entendu le moteur des tronçonneuses, en action sans doute dans la ravine, au contact des lignes de flammes. J'ai jeté un œil à mon portable. Évidemment, Carole m'avait envoyé une nouvelle photo. Jonas, son massacre serré contre le ventre, un bonnet de laine grise enfoncé sur le crâne, me regardait entre les bois, sa paupière droite presque entièrement abaissée, un effet secondaire de son traitement. Je ne sais pas manier ce langage, et pas plus répondre aux provocations. D'ailleurs, je n'en ai pas eu le temps. Sage m'attendait devant mon bureau et m'a presque jeté à la figure une liasse de papier raisin sur lequel elle avait tracé des graphiques, imprimé les plans de pièces usinées, nos projets industriels, la carte de nos approvisionnements en matières premières qui est une carte du monde et qui serait une carte de l'univers si c'était possible. Nous avions une visioconférence programmée avec l'un de nos principaux fournisseurs et j'avais dix minutes de retard. Je me suis piqué un doigt en fouillant dans ma poche à la recherche d'un mouchoir. Il n'était plus question de rire ni d'offrir des bijoux.

Sage a passé la matinée à me rappeler à l'ordre. C'est bien pour ça que mon père l'a embauchée juste avant de me confier la direction de Métalor, comme un acte ultime de toute-puissance, choisir cette fille brillante et dérangée, une petite tour, disait-il, faisant allusion à sa maladie comme à la place qu'il lui réservait sur l'échiquier de l'entreprise, la chargeant par avance de tout abattre autour de moi. Dès que je me renversais sur mon fauteuil et fermais les yeux, dès que le visage de Carole se formait sous mes paupières, un claquement de talons me faisait sursauter. Sage était plantée devant moi, des secousses agitant son visage, me traitant de tous les noms. De temps à autre, aux bruits d'approche d'un Canadair, elle repoussait les dossiers. Moi, c'est elle que je regardais alors. Je voulais revoir le visage qu'avait filmé le drone, immobile et délicat. Ça durait quelques secondes. Et puis elle redevenait elle-même, les traits brouillés par les tics, la bouche injurieuse, et je n'arrivais plus à me souvenir de ce que j'avais vu.

Si Sage est malade de sa substance noire, puisque c'est ainsi qu'est décrit le syndrome de la Tourette, que dire de moi ? Suis-je fait de chair, suis-je fait de mots, suis-je fait des souvenirs que l'on a de moi ou des souvenirs que je tiens des autres ? Suis-je vivant parmi les vivants alors que mon père s'endort en convoquant ses morts et que Carole invoque la puissance médiumnique des peintres ? Suis-je sur le point de me réveiller ?

Un peu avant midi, Léontin est venu m'annoncer que le quartier du Grand Failly était évacué. Nous sommes allés jusqu'aux bureaux de la comptabilité. Deux centaines de mètres détachent l'usine des premiers immeubles, de petits bâtiments cubiques, jamais ripolinés, que séparent des brèches de végétation, pelouses crasseuses maquillées de neige et de boue. Des camions militaires stationnaient sur les terre-pleins, dans des nappes de fumée que figeaient le froid autant que l'immobilité de l'air dans ce fond de vallée. Devant les porches, on remplissait à la hâte le coffre des voitures. On voyait mal, Sage m'a prêté ses lunettes. J'ai assisté, à travers des loupes qui n'étaient pas réglées à ma vue et m'obligeaient à un surcroît d'accommodation, à une de ces scènes de hâte et de panique où l'on quitte sa maison en emportant un gage dérisoire, quelque chose qui promet le retour puisque l'essentiel est resté derrière soi.

Pour voir le maire à présent, je dois aller au stade, traverser la ville, ce cerveau malade, ces axones encombrés de types équipés de jumelles ou chargés de valises, les curieux gênant le passage des évacués, sans parler des gosses qui circulent en bandes criardes, filles et garçons équipés des mêmes blousons, des mêmes cagoules, des mêmes lunettes de ski, des boules de neige gelant dans leurs poings gantés, des cris de bataille dans leurs bouches lestées d'appareils dentaires, enchantés, transcendés par le désordre.

Les équipes des télévisions se sont transportées au stade elles aussi. En rang, dos à la grille, les envoyés spéciaux haranguent les caméras. C'est là qu'on accueille les réfugiés.

Le maire a laissé en plan les comptables qui auscultent les emprunts toxiques souscrits pour, entre autres dépenses somptuaires, rénover les équipements sportifs et inaugurer une nouvelle piscine municipale, simultanément à une piste de luge sur rails. Il a quitté la peau du justiciable pour redevenir l'homme providentiel, imaginez sa hâte ! Moi, ça me fait drôle de passer sous la bannière métallique du stade Jo-Bordat, dans cette carrure d'homme. Lorsque nous étions au collège, j'y retrouvais une fille chaque mercredi pour les entraînements. J'étais le fleuron de l'équipe de combiné nordique. Biljana, elle, était une jeune athlète prometteuse, courant le cinq mille mètres en un peu moins de dix-huit minutes. Elle m'attendait devant le stade, habillée de cette manière inimitable qui restait la sienne et à laquelle nous étions tous habitués, qui consistait à assembler des vêtements pris au hasard, assortis ni par leur matière ni par leur couleur. Le plus souvent, elle passait par-dessus une veste Adidas en fibres artificielles hautement inflammables, sur la manche de laquelle elle avait cousu l'emblème de notre club : un ours debout, bras ouverts, gueule béante, langue écarlate. Mais je n'ai pas eu le temps de penser à nous, à ce garçon et à cette fille qui étaient peut-être amoureux l'un de l'autre. Il y avait un monde fou dans les vestiaires et toutes les parties fermées, un capharnaüm de bagages rapidement assemblés, de ballons que des gamins avaient dénichés dans un coin et qu'ils s'envoyaient par-dessus le bazar. De jeunes militaires, maigres et glabres, déployaient des lits Picot. Je me suis frayé un chemin dans cette agitation et j'ai fini par tomber sur Noirot et la sous-préfète. Je ne peux pas dire qu'ils avaient l'air contents de me voir.

— Si vous avez évacué le Grand-Failly, c'est que le feu n'est pas loin de l'usine, ai-je attaqué.

— Je m'apprêtais à vous appeler, justement, m'a coupé Forestier.

Elle portait un pantalon et des bottes en caoutchouc, sa chemise était mal boutonnée, légèrement de travers dans le col en V de son pull. Une odeur âcre, de fumée, d'asphyxie, émanait de ses vêtements, comme si elle avait traversé la totalité du versant en feu. J'ai compris qu'elle revenait de la première ligne. Elle m'a pris par le bras et tiré vers un escalier que nous avons monté dans la pénombre.

— Attendez, me disait-elle chaque fois que je commençais une question.

Par une porte métallique, nous avons débouché sur le toit, ou tout au moins dans une sorte de guérite assortie d'une plate-forme étroite, fermée par un garde-fou et offrant une vue circulaire sur la cluse. Une masse de fumée presque immobile, haute de peut-être cinquante mètres, coupait la vue sur le fond de vallée. Un amphithéâtre incendié la couronnait. Des débris d'arbres, des roches éclatées, des animaux carbonisés, c'était la montagne à présent. Ces moraines s'épanchaient par endroits, visqueuses, menaçantes. Il m'a semblé les entendre rouler au fond de mon oreille.

— Le danger c'est la fumée si elle continue à descendre sur Cuisance, a lâché Forestier. Nous avons plusieurs asphyxiés parmi les pompiers. Mettez votre usine en chômage, renvoyez vos employés chez eux et, s'ils le peuvent, qu'ils quittent Cuisance. Mais le feu, vous voyez bien, il reflue.

Quelques secondes ont passé. Je profitais de la perspective, je découvrais la ville sous cet angle jamais vu, d'un œil panoptique. Dans ce voile de cendres qui le rendait irréel, le paysage avait tout d'une toile peinte, tendue à trois cent soixante degrés autour de notre promontoire. À quatre-vingt-dix degrés antihoraire stationnaient les camions de l'armée d'où débarquaient des grappes de ces mêmes jeunes engagés, dégingandés et anémiques, que j'avais croisés dans les vestiaires. À dix degrés antihoraire, dans la cour de mon usine, des ouvriers s'agitaient autour de Léontin, des mouchoirs plaqués sur le visage, recouverts par instants de vastes rouleaux de fumée déferlant du versant sans un bruit, dans un élan impétueux et ralenti, caoutchouteux. À quinze degrés horaire, des enfants s'élançaient sur la surface raidie d'une mare, leurs gros après-ski en guise de patins. À quarante degrés horaire, à l'aplomb de l'anticlinal, une vieille femme était assise sur une chaise dans la neige, au milieu d'un îlot de bagages divers, y compris une cage où des perruches affolées luttaient contre le froid, attendant sans doute un chauffeur, une voiture partie pour un premier voyage et qui tardait à réapparaître. Derrière elle, les fenêtres des immeubles étaient noires, noires et profondes, noires et vides. Il y a eu des ingénieurs pour imaginer disposer des miroirs sur le mont Chalam afin d'apporter le soleil à cette partie de la cluse qui ne le voit jamais. Des plaques lumineuses seraient tombées entre les immeubles. Les résidents auraient oublié l'anticlinal au-dessus de leur tête. Les appartements se seraient repeuplés. Le maire a jugé la dépense excessive. Sans parler des risques d'incendie.

Des rumeurs ont prétendu que mon père avait, Cité Miroir, une deuxième, non, une troisième famille. Adolescent, j'ai fait le chemin jusque-là. Je me suis dirigé au hasard dans ce quartier où l'on ne va jamais, où une vaste villa Belle Époque enfermée dans les moignons d'un parc côtoie des habitations à bon marché des années 1930, immeubles à quatre étages embellis d'oriels puis oubliés à la naissance. J'entrais dans des vestibules sonores. Je ne croisais personne. Je cherchais un nom sur les boîtes aux lettres, un nom que je n'avais entendu qu'une fois et que je croyais pouvoir reconnaître. Au lieu de quoi, je tombai sur le nom de Biljana. Djurdjevic. J'eus l'imprudence d'insister sur la sonnette. Ainsi qu'une orpheline, Biljana vivait séparée de ses parents, chez un oncle. C'est lui qui vint ouvrir. Je l'avais réveillé. C'était un de ces hommes qui travaillent la nuit. Ses grosses mains usées tentaient de chasser le sommeil qui fermait son visage et me repoussèrent à peine m'eut-il dévisagé, me repoussèrent vers l'escalier, sourdes et définitives, et me propulsèrent en avant, comme ma mère l'avait fait pour mon premier saut, l'année de mes sept ans, et comme cette fois-là, au bout de la piste d'envol, j'eus la présence d'esprit de donner un coup de reins pour atteindre le palier, évitant de m'écraser sur les marches, me recevant en pleine extension, et j'allai me planter dans le mur jaunâtre tandis qu'une porte claquait derrière moi.

Plusieurs fois je suis revenu rôder autour de l'immeuble. Je cherchais un visage, une inspiration, un autre frère peut-être, la voix rauque d'une femme qui avait demandé mon père, un jour, au téléphone. Il m'en restait la sensation inapprochable d'un accent, d'un vibrato. Je retournais jusqu'à la sonnette. Djurdjevic. Puis je m'enfuyais. À Messia, je retrouvais ma mère, émaciée par la maladie. Depuis sa chaise longue, sur la terrasse, elle observait mon père qui arpentait la rive, l'oreille collée à ces téléphones mobiles d'alors, à antenne rétractable, lourds comme des talkies-walkies. Peut-être manigançait-il avec le maire des projets anachroniques de courses transeuropéennes, quelque chose qui rivaliserait avec les jeux de Killy. Peut-être y avait-il une femme, quelque part, à Cuisance ou bien à La Chaux-de-Fonds, et c'est vers elle qu'il partirait, sitôt sa conversation terminée, nous laissant ma mère, mon frère et moi dans l'attente d'un coup de théâtre, quelque chose ou quelqu'un qui, sans malice, dirait une vérité.

— Regardez !

La sous-préfète m'a arraché à mes rêveries. Sa main boucanée s'est refermée sur mon épaule pour me faire pivoter vers l'usine. Une prodigieuse masse de cendres basculait de la pente de Chalam, ralentie par les cimes encore vertes. Lorsqu'elle a atteint l'usine, elle s'est attardée de longues secondes sur le toit, avec de lourds remous lascifs. Son poids a fini par l'emporter. Elle a recouvert l'usine. L'a effacée du paysage. Tout autour de nous, je l'ai constaté à cet instant, la montagne paraissait plantée non plus de sapins mais de cheminées.

J'ai suivi les instructions de Forestier, les injonctions de Léontin. J'ai fermé Métalor. L'atmosphère au-dehors devenait irrespirable. C'était la nuit, l'après-midi. Des escarbilles, des mèches enflammées, des brandons grésillants tombaient de la montagne. Des spirales de fumée brûlante tournoyaient dans la cour. Il fallait se lancer dans la neige scellée au sol, figée en lames irrégulières et glissantes, dans l'étoupe incandescente de l'air, et lancer le moteur des voitures en se demandant si tout n'allait pas s'embraser. Lorsque le personnel a été évacué, je suis parti avec Léontin que j'ai déposé chez lui avant de prendre la direction de Messia. À l'entrée du tunnel, un maëlstrom de fumée a aspiré ma voiture et j'ai traversé un gouffre de flammèches qui a tournoyé longtemps dans mon rétroviseur.

Je ne sais pas ce qui nous attend. C'est ce que je voudrais dire à Carole, précipitamment, c'est ce qui me jette en avant en arrivant chez mon père, je voudrais parler avec elle, partager mon inquiétude. Mais je trouve la maison vide. Seul le téléviseur fonctionne, le son coupé. Ses images se mêlent aux profondeurs feintes des tapis, les sapinières embrasées aux oiseaux de feu coulant à travers les nuages. J'oscille un moment, suspendu à des plans nouveaux, cherchant à identifier la direction que prend l'incendie, s'il perce vers l'usine ou se contente de végéter dans cette sorte de turbulence indolente à l'intérieur d'un même cendrier, là où il semble se résorber depuis le début de l'après-midi, ne remuant plus que ses fumées géantes et crachant sans discontinuer ses étincelles vers Cuisance. Puis je suppose que Carole travaille à l'étage. Comme souvent ici dans les maisons anciennes, l'escalier est clos, plaqué de bois vernis, étouffant de l'air enfermé. Je gravis les marches d'un trait.

Carole n'est pas dans la chambre. Le volet grince. Le ciel a beaucoup noirci, bien qu'il soit à peine trois heures. La pièce est plus obscure encore, avec son fond de papier violine sur lequel sont peints de gros pavots verdâtres, aux queues poilues, presque griffues, aux capsules somnifères, chargées comme des bombes de matière à retardement, dont les murs étaient tapissés avant ma naissance et que ni mon père ni ma mère n'ont jamais songé à changer pour un décor plus juvénile. Appuyé à la fenêtre, je regarde un moment les nuages, déchirés de feux fugaces, peut-être le passage d'un avion mais ils évoquent davantage le scintillement d'un miroir, comme si quelqu'un, là-haut, envoyait des signaux. À portée de ma main, dans un lourd cadre en bois mouluré, un portrait de ma mère, en noir et blanc, tout juste descendue d'un podium, les skis posés sur l'épaule, le masque relevé sur un bonnet de laine, les yeux d'un bleu délavé, tout ensemble rieurs et froids. Dans ma poche, le petit hippocampe ne brille plus dans l'armure opaque du tissu, mais il m'inspire un geste négligé depuis des années : faire coulisser le tiroir inférieur de la commode sur ses glissières qui résistent, écarter quelques enveloppes en kraft dans lesquelles sont archivées mes années d'études, attraper la boîte en carton vert. Il y a une poignée de photographies de ma mère, encore elle, des images que je croyais connaître par cœur mais qui me surprennent, le noir des cheveux, des motifs de chemisiers : fleurs tropicales sur cotonnades claires, et je constate que j'avais oublié ça, qu'elle aimait marcher pieds nus sur le sable mouillé et se faire servir des spritz sur les plages italiennes, allongée sur un transat loué à la journée, la sueur perlant sur son ventre qui se nimbait des tons ambrés de la lotion solaire, le loup autour de ses yeux fonçant sans jamais cesser d'être lisible, et peu à peu, ces après-midi-là, le sommeil gagnant, ses lèvres devenaient molles, flaque de chair, morbide abandon. Mais il y a aussi, j'en suis sûr, je feuillette rapidement les tirages, un portrait de Biljana. La photo d'une fille qui a grandi d'un coup, adolescente plus frêle que ne l'était la gamine, dans une robe qui est tantôt verte tantôt bleue, selon la lumière qui vient sur elle, et par-dessus Biljana a passé son haut de survêtement Adidas, dézippé, flasque, synthétique. Elle est assise dans un de ces fauteuils à roulettes qui ressemblent à des demi-corolles en skaï blanc, un peu spongieux, dont la surface adhère à la peau. Ses bras sont posés sur ses cuisses, d'une manière qui serait étudiée si Biljana avait pour habitude d'affecter quoi que ce soit. D'ailleurs elle ne regarde pas l'objectif. Son regard se perd vers la gauche. Ça y est, je la tiens. On ne voit pas ses pieds. Je suppose qu'elle porte ses Stan Smith, comme d'hab, les mêmes pompes au gymnase et au lycée, avec un lacet jaune au pied gauche. Ses cheveux sont ramenés en arrière, attachés sans doute, des frisottis s'échappent sur les tempes et le front. Elle ne porte pas de pendentif. Elle ne porte aucun bijou d'ailleurs. Pas même une montre. C'est ma mère qui a pris la photo. La veille, Biljana avait gagné un cinq mille mètres cadet. Hors champ, il y avait sa coupe et des gobelets que son entraîneur remplissait de jus d'orange. Ma mère pensait que, comme moi, comme Jonas, Biljana ferait une championne. Elle est morte avant que nous ne la décevions tous.

L'hippocampe reste dans ma poche. Il n'est pas question d'offrir à ma femme un colifichet aussi maladroit. Et puis, j'ai l'impression qu'avec moi le petit cheval révèle son pouvoir. Avec lui, je chevauche le temps. Je suis aujourd'hui et hier. Pénétrer l'avenir, non, je n'ai pas cette faculté. Elle est réservée à des êtres que nous ne soupçonnons pas. Carole, peut-être, comment savoir ? Elle a des jeux si étranges, ces jours...

Ma femme finit par réapparaître, avec mon frère. Elle a revêtu la capote militaire pour aller marcher avec Jonas au milieu du grand hiver, à la recherche de l'incendie. Pas celle du médecin militaire, qu'elle portait hier. Celle de son cadet, Georges, qui n'est pas revenu de la guerre, dont l'aîné a gardé avec acharnement le souvenir jusque dans le très grand âge, jusqu'à oublier son propre prénom et à ne plus répondre qu'à celui de son frère. Je ne la reconnais plus dans cet accoutrement. Elle est trop grande, trop sûre d'elle, trop exigeante. Si on la laisse faire, elle régentera tout. Nous serons mon frère et moi à la merci de deux puissances. Celle de mon père. Celle de ma femme.

Dans la nuit, j'ouvre les yeux. La chambre n'est plus froide. Dans le miroir au fond de la pièce, il y a le lac, phosphorescent, et Carole de dos. Elle est debout sur le lit, son pied roulant sur mon sexe, je distingue le sillon entre ses cuisses, luisant d'ombre et d'eau, et sa tête bleue, couleur de lac, aux traits accentués, méconnaissable. Quand elle se penche vers moi, je ne vois plus que la nuit puis je suis à genoux, ma main droite sous ses fesses, ma main gauche détachant de mon ventre le membre tendu, coulissant vers sa base pour complètement dégager la tête triangulaire, et de Carole, arquée, je ne vois plus que la pointe des seins, sableuse, les anneaux réguliers des côtes tendant la peau claire de son buste, tandis que je pousse en avant, lentement, profondément, en retenant mon souffle, et lorsque je me retire une langue glacée s'enroule sur nos peaux trempées. Prises dans la broussaille de mon ventre des giclures laiteuses tremblent et s'éclairent avant que tout s'assombrisse.

Je dors dans l'ouïe du poisson. Quand elle se défroisse, je roule dans une cavité gluante et argentée. Bain de têtards. Ponte gélatineuse dans laquelle je nage. Biljana est avec moi. Sa peau brille, étoilée de lentilles blondes. Je me fais au goût de sa salive, au sang qui coule dans sa bouche, au métal de son appareil dentaire. Je vous en prie, ne me réveillez pas.

*

Je ne peux pas parler à Carole de mes retrouvailles avec Biljana, de la nasse de mes souvenirs qui se referme ni même du garçon que j'étais. Je ne peux pas lui dire qu'elle me fait peur dans sa récente incarnation, attifée qu'elle est de laine bouillie de la Grande Guerre, les jambes enfoncées dans des bottes au cuir craquelé à force d'années. La vérité, c'est que je n'ai pas appris à parler. Je suis exercé depuis l'enfance à tout sceller de ce que je ressens. Alors, je brode. Je lui raconte la scène dans cette salle de la mairie, sa lumière froide de septentrion, le tableau accroché comme dans une nef d'église.

Seuls quelques érudits évoquent parfois l'existence de Claude Dunod de Charnage, essentiellement pour ses liens de parenté supposés avec un juriste réputé, lui, François Ignace Dunod de Charnage, qui écrivit au siècle d'après des ouvrages sur le droit et l'histoire (parmi lesquels un notable

Traité des prescriptions, de l'aliénation des biens d'Église, et des dixmes, en 1730). Ses premières toiles coïncident avec le retrait des troupes de Condé de la Franche-Comté au terme de la guerre de Dix Ans, en 1644. Dans une région décimée par les armes et la famine, où l'on a vu des mères et des pères se faire cannibales, où près de six habitants sur dix ont été portés en terre, il peint des sujets religieux empreints d'une sourde gravité. À une époque où Rubens prête à ses Christs une chair tendre comme le beurre, Dunod de Charnage fait percer de fragiles nativités dans des ténèbres oppressantes, réduit les ciels à de pâles lueurs d'orage, fait lourde la tête des crucifiés. Il peint comme on donne la mort. En vérité, on ne connaît de lui qu'une poignée d'œuvres, dont les signatures sont fluctuantes, parfois un simple *Charnage*, parfois les initiales *DC*, parfois un *Dunod de Charnage fecit* plus affirmatif, ou plus officiel. Carole a inspecté les inventaires, consulté des érudits locaux, parcouru à la loupe des liasses d'archives. Il y a dans son ordinateur des photographies de toutes les toiles recensées, des vues de détail, l'empreinte du pinceau dans l'huile, figée en tourbillons que les années ont assombris. Claude Dunod de Charnage a connu des incendies. Il a vu des survivants, réduits à se nourrir d'herbes et d'écorces. Il n'en montre rien dans sa peinture. Pas même cet écran que forme la chaleur dans l'air lorsque les villes brûlent. Il peint un pays polaire. Mais il est vrai que les hivers du siècle sont terribles. Les armées traversent à pied les fleuves gelés, les rivages d'Europe sont pris dans des banquises, les flottes royales immobilisées par les glaces. À Charnage, qui fut comme Cuisance livré au feu par les Français en 1639 et n'est plus aujourd'hui qu'un hameau sévère, assemblant trois fermes en lisière de la forêt de Laisia, Carole est allée en vain. J'ai déambulé avec elle sur la route qui finit dans ce cul-de-sac. Un gros chien muet nous a emboîté le pas. L'une des bâtisses paraissait assez vieille pour que le peintre ait pu y faire ses premiers pas. Les portes très basses sous d'énormes linteaux, les ouvertures parcimonieuses lui donnaient l'allure d'une forteresse. Une date avait été gravée au burin : 1735. Trop tardive. Pourtant, Carole pensait qu'il avait pu peindre dans un bâtiment semblable à celui-ci une des premières œuvres signées de son nom. C'est une *Éducation de la Vierge*, sujet austère pour un homme encore jeune, mais n'oublions pas qu'il avait grandi dans un temps sans gaieté, où les dragons enfournaient les vivants dans des brasiers. La toile est d'un petit format. La scène émerge d'une pénombre matinale, une lumière blanche, aiguë et froide tranchant la composition en son milieu, venue d'un œil-de-bœuf. Au centre, une femme est assise, modestement mise, encore plus modestement coiffée d'une pièce de lin blanc. Elle ouvre sur ses genoux un grand livre. Face à elle une petite fille, mains jointes, tresses souples lovées sur l'épaule, déchiffre les Écritures. Dans le dos de la femme, sur une table à manger couverte d'une nappe fraîchement dépliée, sont éparpillées des noisettes, des châtaignes dans leurs bogues à peine fendues, des nèfles. Un homme est attablé là. Carole est persuadée qu'il s'agit de Dunod de Charnage lui-même. Paupières baissées vers la petite boule de pain qu'il est en train de rompre, il est châtain, doré même, avec des cernes d'insomniaque. De ses cheveux bouclés, il semble que le temps a commencé à prélever des mèches, dégarnissant les tempes, exagérant le front. Carole a écrit des pages entières sur ces yeux clos, ces solitudes qui se côtoient, ce silence de rescapés. On peut, dit-elle, dénombrer les défunts. Ils laissent ces vides où tournoient des poussières, que le peintre a pris soin de ne pas combler, qui se dilatent jusqu'au malaise.

Carole me demande si j'ai vu une signature sur le tableau de la mairie.

— J'étais venu pour l'incendie, objecté-je.

Nous sommes allongés, un gros édredon rouge remonté jusqu'au menton. Au-dessus de nous, le lac remue faiblement sur le plafond. C'est une vieille présence, comme la mort imminente des arquebusiers peints sur les murs du couloir, comme le poison des pavots de la tapisserie de cette chambre.

*

La nuit a été très froide. Je mets plusieurs minutes à dégivrer la voiture. Alors que je remonte le chemin encalminé dans le gravier et la neige, à ma gauche, sur le lac presque blanc, je vois le canot. C'est un canoë de cèdre entoilé qui reproduit assez fidèlement je crois les esquifs d'écorce des Micmacs de Gaspésie. Mon père l'a offert à ma mère il y a bien longtemps. La coque est d'un blanc mat légèrement jaunâtre. Jonas est installé à l'arrière, dans ce gros anorak qui fait ressembler à un œuf synthétique. Il porte une toque de femme. Chaque coup de sa pagaie ouvre sur la surface un trait aigu et silencieux, qui se referme aussi vite.

Il nous est arrivé, quand Biljana était dans ma classe au collège, de partir avec elle dans ce même canoë. C'était l'été, le lac était d'un bleu cristallin, irréel. Biljana s'allongeait à plat ventre, à l'avant, et posait une main sur l'eau. Lorsque par inadvertance sa main passait sous la surface, on aurait cru son bras coupé car le lac est trompeur. Bleu mais sans transparence. Lorsqu'on y entre, on disparaît. Lorsqu'on s'y penche, on ne voit rien que des particules tourbillonnantes, denses comme peut l'être la neige lorsqu'elle souffle en blizzard. Lorsqu'on y plonge, on étouffe, en un instant, de toute cette masse refermée sur soi. Biljana avait peur du lac, et ne s'y est jamais baignée. Et malgré toute la lumière qui venait sur elle, qui jouait avec les fils jaunes et verts de sa robe d'été, il paraissait impossible de tomber amoureux de cette fille déjantée, lunatique. Comme nous avions cru impossible, quelques mois plus tôt, de nous accoutumer à cette réfugiée quasi muette, aux yeux fixes dans la peau bleue des paupières, ses cheveux noirs adhérant par paquets à la Climatite de sa veste Adidas, débarquée au collège en cours d'année et qui s'était avérée courir plus loin plus vite plus acharnée que nous.

Cuisance est une ville occupée par la fumée. Dans les poches du Grand-Failly et du Mort-Homme qui ont été évacuées, elle est si épaisse qu'on a l'impression d'une masse solide, sur laquelle on pourrait marcher, rouler, bâtir. Des barrages interdisent l'accès à ces reculées. Aux types qui prétendent atteindre leur maison pour récupérer un objet oublié, tout simplement indispensable, on répond sèchement que l'on craint une explosion des gaz imbrûlés. L'électricité a été coupée. Dans la pente, l'incendie s'est réduit à une bande de braises. De l'usine, seul le toit surnage. Une île de métal.

Dans des vagues veloutées parcourues de lents remous. Et, à bien y regarder, un type est là, un casque de protection sur la tête, le visage gris de cendres, au milieu de cette mer de désolation. Léontin. Pour lui, l'usine vaut plus que sa peau. L'héritier de mon père, ce devrait être lui, à n'en pas douter. Tout seul dans la poussière qui peut s'enflammer d'un coup.

S'ils veulent le pouvoir, Léontin, Sage, qu'ils s'en emparent à la fin. Lorsque l'ombre de mon père leur tombera dessus, ils ne pourront s'en prendre qu'à eux-mêmes. Quant à moi, je n'ai jamais été à la hauteur. Ma mère le savait, sans vouloir l'admettre.

C'est ainsi que je me trouve à errer, loin de Métalor, dans une rue de Cuisance où je ne mets plus les pieds pourtant, délabrée, enlaidie par des giclures de suie, les commerces murés sous des volets rouillés, tagués, encollés d'affiches, la chaussée déformée par les ralentisseurs, pourtant c'était il n'y a pas si longtemps la piste des chauffards et du lèche-vitrine, et en hiver une coulée de chaleur de troquet en troquet qu'on remontait tard dans la nuit. Je pousse la porte de La Fraternelle. La fille au bar rince un verre et me sert une ambrée. Je m'accoude dans la suie. Je suis sale, comme les autres. En patientant un peu, j'ai une chance de croiser un de ceux qui s'entraînaient avec moi à Jo-Bordat, un des ex-mômes qui ramaient derrière Biljana, loin de sa foulée si sûre qui scotchait les entraîneurs à la piste, nous aurions tous voulu courir comme elle, la fille que la guerre des Balkans avait portée jusqu'à notre cendrée pour nous clouer sur le mâchefer tandis qu'elle s'allégeait à vue d'œil, nous prenant un puis deux tours, très droite, les jambes si rapides qu'on ne les voyait plus vraiment, juste un buste suspendu, gracieux, athlétique, le balancier nerveux des bras fendant l'air, les poursuiveurs affolés par le chrono.

— Tu te souviens de Biljana ? demandé-je à Sauvageot.

— Biljana, il répond, dans la mousse de sa bière, je crois bien que je l'ai jamais vue que de dos.

Je ris. Sauvageot n'a pas fait grand-chose de plus que moi. Il s'est fait jeter de l'équipe du combiné à dix-sept ans. Trop irrégulier. Trop inquiet. Trop vulnérable. Il skie encore, en amateur. Il saute le tremplin à Chaux-Neuve, cent dix-huit mètres. L'oiseau ouvre toujours ses ailes dans son cœur. Maintenant il pousse son gosse sur les pistes. Il me montre une vidéo sur son téléphone. Le môme franchit la ligne, bon premier. Un sourire fend en deux son visage franc.

— Un gamin en or, insiste-t-il.

Un jour, ça me revient, Biljana m'a dit que c'était son père qui lui avait appris à courir. De sa voix marquée, rauque et chantante, un dimanche où nous prenions des glaces et où elle était habillée en fille, une jupe blanche à gros plis ceinturée sur une sorte de blouse rose. Et après, ses yeux se sont vidés. Je n'ai pas osé la questionner davantage.

— Pourquoi tu penses à elle ?

— Je me le demande.

— Je vais te dire. On a tous l'air de fantômes.

Du pouce, il montre la rue, la fumée poisseuse que l'humidité colle aux vitres, les passants qui se déplacent équipés de lunettes de ski, l'écharpe sur la bouche.

— Des fantômes, oui, peut-être, je réponds.

Il laisse passer quelques secondes, remue sa bière qui reflète la lumière électrique. Des cendres flottent à la surface.

Mon père, si vous voulez le savoir, n'assistait guère à mes exploits. Mais il arrivait, une ou deux fois dans la saison, qu'il survînt à l'arrivée d'une course, dans ses tenues d'alors, bien différentes des équipements rustiques qui sont devenus les siens. À l'époque, il portait un lourd pardessus doublé de fourrure, des gants de peau, et il fumait le cigare, d'épais rouleaux de tabac à la cape nervurée et huileuse, scellés d'anneaux de papier, dont les débris auraient permis de le suivre à la trace, de la première bouffée matinale, au pied de la table du petit déjeuner, jusqu'aux derniers brins encore accrochés à ses lèvres. Ma mère portait ses surcots de toujours, gainant son torse et le matelassant contre le froid et le vent. À chaud, elle commentait ma course. J'avais gagné, mais contre qui ? Des lambins, des fatigués, des habitués de boîtes de nuit. Contre des morfals, j'aurais perdu. Contre des Fabrice Guy, des Sylvain Guillaume, des Fred Lundberg, je perdrais un jour prochain. Il me fallait apprendre la faim. Ce n'étaient pas des reproches. C'était sa course contre Kulakova qu'elle revivait sans fin, c'étaient les neiges du Japon qui tourbillonnaient en elle, avec les processions de jeunes filles en kimono surgissant des parcs, leurs manches flottantes peintes de branches de cerisier, leurs étroites lèvres vermeilles dessinées au pinceau. Mon père s'écartait déjà. Au milieu du staff nordique, de tous ces types aux anoraks logotypés, aux bonnets vissés jusqu'aux sourcils, lui aussi paraissait échappé d'un passé refermé depuis longtemps. Et peut-être était-ce là, dans le passé même, qu'il disparaissait sans cesse, disposant des faisceaux du temps à sa guise. Je n'aurais pas été surpris qu'il s'égare et m'appelle Simon plutôt que Jason. Je n'étais pas l'aîné de ses fils et croyez-moi, je n'avais garde de l'oublier. Au fond, je n'étais que l'ombre d'un enfant mort. Un enfant furieux, têtu et tenace qui me contestait chacune de mes victoires.

Mon père avait retenu une table dans un restaurant d'altitude, à quelques centaines de mètres de là. On en apercevait les lumières sous le ciel couvert. Des lampions suspendus dans les arbres montraient le chemin. Il y aurait des croûtes aux morilles, des röstis, des vins jaunes, de très vieux alcools. Il y aurait ma mère, trop chaudement vêtue. Mon frère se cacherait sous un grand bonnet à trois pompons, auquel ne manquaient que des grelots pour faire chapeau de fou. Les entraîneurs porteraient des toasts comme un seul homme. Mon père serait présent et absent, ou bien passé et présent, entendez-le comme vous voulez. Sans doute avait-il sa place du côté des morts, de sa première femme dont la présence s'était effacée jusque dans les images, des enfants qui s'étaient endormis dans ses bras et dont il gardait peut-être le poids sur le cœur. Peut-être prononçait-il leurs noms comme on ouvre un passage secret. Lorsque je croiserais son regard, je baisserais les yeux.

Dunod de Charnage a peint des fratries pour les bourgeois de Besançon. Dans l'une d'elles, commente Carole dans l'un de ses articles, est représenté un enfant mort, un bambin qui n'aura pas survécu plus de quelques jours à une époque où la mortalité infantile est effroyable. Au milieu de ses aînés vêtus de chausses et de pourpoints comme de jeunes adultes, lui est nu. « Éternel et nu est l'enfant emporté dans les limbes », écrit Carole. On ne peut pas donner aux vivants ce que vous réclament les morts, pourrais-je ajouter. Oui, je pourrais raconter la solitude des survivants, ce que c'est que défier les fantômes, ces garçons que l'on n'a même pas connus, assez forts pour tout ravager.

Trois mois après la mort de ma mère, Biljana est repartie en Serbie. Je me suis retrouvé seul entre mon père et mon frère. J'ai fait ce qu'il fallait. J'ai volé une dernière fois au sortir d'un virage en épingle, dans les tôles encore intactes de ma voiture. J'ai passé une entière saison de ski cloué à un lit. C'en était fini pour moi des podiums. Lorsqu'il neigeait, il me semblait que ma mère posait sa main sur mon front. Je n'étais plus l'oiseau, jaillissant de la piste d'envol, dessinant ma trajectoire comme on le fait d'un jet de flèche, j'étais passé du côté des anges, entre les vivants et les autres, et je ne savais plus bien, dans ce coma de draps blancs et d'intraveineuses, où commençait le rêve.

Dans les tableaux de Dunod de Charnage, les anges sont de grands êtres soucieux aux ailes d'airain, chez lesquels on chercherait en vain les tendresses des écoles vénitiennes, ces douceurs de plumes rehaussées d'azur et de vermeil, mi-chair mi-ciel. Ils ne voleront plus, c'est impossible, ils sont condamnés à tout voir, condamnés à survivre à tout. Ils sont la conscience du peintre, de n'apporter aucune consolation.

Après l'hôpital, après la rééducation, sorti vivant et diminué de tout ce cirque, des années durant j'ai cherché Biljana dans les palmarès. Durant les Jeux d'été, les championnats d'Europe, les mondiaux, j'ai suivi les compétitions d'athlétisme, m'étonnant de ne pas l'y voir, comme s'il me manquait une preuve.

J'attends le crépuscule pour quitter la fosse de Cuisance, sa ouate de cendres, son état d'urgence. Lorsque je sors du tunnel, il fait de nouveau jour, les phares se coupent. La fumée ne franchit pas les crêts. Elle stagne dans la cluse, elle n'obscurcit que la ville. Mon père n'a pas quitté son atelier. Les phalanges ocellées de vert et de noir, il grille une cigarette en admirant son œuvre. Clebs fait semblant de ne pas me voir.

Ici on a déjà oublié l'incendie.

*

Troisième, quatrième soir ? Furieuse est toujours condamnée, bien que le feu ne l'ait pas prise. Après le repas, mon père déploie sur la table le tapis de jeu. Un épais rectangle de laine, d'un jaune trouble qui tire vers le brun, dans lequel est tissée une dame de pique, double buste noir, traits impassibles, manche doublée d'hermine. Une ligne sombre, percée d'œillets blancs, partage l'image dans sa diagonale. C'est une reine à tête bestiale, le nez prolongeant la ligne du front sans cassure, l'oreille épatée en forme de papillon, la bouche haut sous les narines, sévère, pincée. La main levée brandit une palme, auriculaire tendu. De part et d'autre, à la lisière du tapis, est écrit, à la verticale et en grandes lettres, un nom : *PALLAS*. Pallas, sixième épouse d'Hérode le Grand, massacreur d'innocents, dont rien ne dit qu'elle retint le bras égorgeur. Nous voilà réunis autour d'elle. Carole a dégrafé son uniforme. Dessous, elle porte un haut féminin, fleuri comme un vingt et un d'atout. Que dois-je croire ? Qu'elle reste elle-même sous son habit de combattant ? Je garde sur elle un œil prudent. Mon père remplit les verres de prune tandis que je donne. Jonas rit silencieusement, les doigts devant la bouche, l'ongle du pouce fendu, noir, gondolé. Il s'est planté sur la tête un képi blanc extrait des panoplies d'enfant qu'il garde dans sa chambre. Sauf qu'il est trop petit pour lui, qu'il flotte sur le sombre bouillon de ses cheveux. Dans mon jeu, le petit cinquième et deux rois, je prends, la nuit craque au-dehors, les arbres ici sont gainés de glace, brillent comme du cristal, je retourne le chien, chien blanc, chien foireux, mon père lance le trois d'atout. Nous sommes dans le cercle du lustre qui déborde légèrement nos chaises et nous tient dans son cône jaune. Derrière moi, dans l'obscurité, j'entends Clebs qui patrouille entre la baie vitrée et la porte d'entrée, la porte d'entrée et la cuisine, la cuisine et la baie vitrée. Mon frère est face à moi. Mutique. Idiot. Mais il est en train de me faire perdre.

Le jour où les gendarmes ont cueilli Jonas au milieu de ses pierres tombales, en pleine installation de plaques mortuaires incrustées de photographies, Biljana était avec lui. Elle ne l'aidait pas à décharger le coffre de ses dernières rapines. Assise sur un replat de mousse, elle prenait le soleil, ce soleil d'automne que les arbres laissent entrer dans la forêt et qui donnait à l'étang l'aspect d'un disque de laiton. Lorsque les gendarmes sont sortis de l'estafette qu'ils avaient avancée au cul de la voiture de mon frère, Biljana n'a pas bronché. Jonas a continué à disposer son bric-à-brac. Chacun est resté dans ses pensées. Un pépiement de mésanges noires couvrait le silence. Un des hommes s'est avancé jusqu'à la rive et, comme le vent cessait de froisser la surface de l'étang, il a constaté que la nécropole allait jusque dans les eaux, qu'il faudrait patauger en cuissardes pour récupérer les stèles butinées par les carpillons.

Nous sommes sur des rails. Nous n'en sortons pas. Petit, mon frère essaie de ne pas se laisser distancer. Il lutte. Il serre les dents. Lorsque je jette un coup d'œil derrière moi, dans le passage d'une courbe, je le vois au loin, minuscule, son anorak tache rouge sur la piste, tressautant entre les branches des sapins, abaissées par le poids de la neige. Et devant moi, ma mère n'est elle-même parfois plus qu'un point, un point décisif certes, dans le pointillé des arbres et les éboulis de caillasse, mais un point qui menace de s'effacer à tout instant.

J'ai passé la soirée à perdre et Carole a tout d'une reine. Le sang rougit sa peau bleue et colore nos draps d'un bain sombre. Bien sûr qu'elle a froid. Mes mains aussi sont pailletées de givre. Elles écorchent. Elles blessent. Lorsque j'ouvre un œil, je vois le lac qui brille sur le plafond et la porte qui bâille sur le couloir, sur les Amériques peintes et les bons sauvages, avec leurs coiffes de plumes et leurs couteaux sacrificiels. Carole passe le seuil, somnambule, ou est-ce moi qui dors ? Sait-elle que je ne rêvais pas d'elle ? Elle me renverse vers l'oreiller, vers nos nuages qui sentent la fumée, je sens la nuit céder sous moi. Je suis nu sous ses ongles. Ma bouche occupée à sa langue. Mon esprit d'entre les morts.

Mon père n'a pas souhaité recouvrir la tombe de ma mère d'une dalle mortuaire. Une pierre non taillée porte son nom, les dates de naissance et de décès. La tombe de ma mère est en été un tapis d'herbe et de pourpier, en hiver elle est invisible sous la neige. Un pommier y lâche parfois un fruit que les insectes mettent des semaines à dévorer et qui finit par ressembler à un cœur avant de ne plus ressembler à rien.

*

Au lieu de prendre le tunnel, je bifurque à droite, vers le mont Chalam, sur un chemin vicinal qui disparaît au bout de quelques mètres dans la neige. De gros engins sont passés là. Je place mes roues dans l'empreinte de leurs pneus et je monte ainsi jusqu'au plateau, là où ils se sont arrêtés avant moi, dans la cavité d'une ancienne carrière qui a servi de déblai avant d'être comblée, en partie, par les boues d'un chantier. Je chausse mes raquettes. Un peu moins de deux kilomètres me séparent du bord de la cluse. La neige est tassée, couverte d'une croûte cassante, crevée de pas animaux et humains, les premiers dansant, circulaires éraflures, les seconds orientés vers la cluse, lourds, décidés ; je n'ai qu'à les suivre. L'air très froid asphyxie alors je me lance avec douceur, des larmes plein les yeux. Je vous parais lourd, comme ça, mais sur la neige, c'est autre chose. N'oubliez pas que j'ai fait mes premiers pas à Poêle Chaud, dans le massif de la Dôle, l'hiver 1979. Très vite mes mouvements prennent de l'ampleur, ainsi que ma mère m'a appris dès l'enfance, me soulever dans un souffle, elle, il me semble qu'elle volait sur la neige, l'aile de ses cheveux retournée par le vent. L'effort initial, je l'ai très vite oublié. Il y a le calcium de mes os, cette montagne que j'emporte avec moi, mais il y a mes muscles et mes tendons, animaux obéissants, propulsés par ma volonté et ma chaleur, m'emportant à une cadence régulière, il y a la coulée de neige devant moi, phosphorescente. Au promontoire, je constate que oui, d'autres sont venus suivre, d'ici, les mouvements du feu, leurs traces convergent de plusieurs points. En face, sur le Crêt de Furieuse, une balafre grise monte presque jusqu'au sommet, croisant la route et, à cette distance, la brûlure fait comme une coulée d'asphalte à travers la forêt, comme si des ingénieurs fous avaient tracé une voie dans l'à-pic à l'aide d'on ne sait quels outils, camions volants, bulldozers se déplaçant sur des griffes. En bas, dans la bolge, le feu a dévasté un anneau de plusieurs centaines de mètres de largeur. Une forêt de pieux noirs émerge de la cendre. Ça ressemble aux champs des batailles des hivers de la Grande Guerre, avec leurs forêts réduites à quelques hachures par des mois de mitraille, leurs cimetières hâtifs retournés par les bombes, leurs morts invisibles au milieu des racines, leurs sentinelles postées sur une éminence, derrière le mur d'un fortin ou l'écran mobile d'une redoute, équipées d'une lunette afin de sonder le panorama. Moi, j'ai mes jumelles pour plonger plus profond, là où le bûcher grésille encore, palpitant d'un cœur rouge, à peine affaibli.

L'usine est en deçà, un parallélépipède tassé par un dénivelé de huit cent quarante-deux mètres, exactement. Les fumées se sont dissipées, mangées par le froid ou la nuit ou l'eau qu'envoient les lances. Une poignée de chamois s'éparpillent sur une bande rocheuse, au-dessus de la zone de feu, en un bref remous, chassés par une peur dont je ne perçois pas l'objet. D'ici, on n'entend pas la ville. On n'entend que le vent. Il dévale des crêts, tourne sur la neige et trace de grandes vagues qui feulent. Le sang tape sur mes tympans. Alors je n'entends pas venir le zeppelin. Son ombre se referme d'un coup, éteignant les soleils sur la neige. Il est juste au-dessus de moi, énorme coque muette. Dans la nacelle de verre greffée au ballon, je distingue des silhouettes, les taches pâles de visages tournés vers moi, et puis la lumière me fait fermer les yeux. L'aérostat glisse en silence au-dessus de la cluse. Et je me demande si les passagers ont acquitté un supplément pour survoler l'incendie et détourner le zeppelin de son circuit habituel, ou bien si la compagnie a affrété un vol spécial. Vous pensez ! Un incendie si insensé ! Le dirigeable s'élève paresseusement vers Furieuse et de nouveau je devine des formes dans la nacelle, des mouvements hachés par la lumière qui ricoche sur la neige, entre l'éminence où je me tiens et le vide dans lequel s'enfonce lentement le ballon. Ma maison est là-bas, sur la trajectoire du zeppelin, bientôt ses passagers la survoleront sous sa couverture de neige, et peut-être devineront-ils l'éclat d'une vitre au milieu des sapins, mais plus certainement ils ne verront rien que l'énorme hiver immobilisant tout.

Sur le chemin du retour, en traversant le Bois à Paul, dans le calme des arbres bleus, je croise une patrouille. Des militaires, nous en voyions rarement, jadis. Quelquefois, lorsque j'étais à l'entraînement, futur ex-espoir du combiné, des commandos de légionnaires, alourdis par des kilos de paquetage, déboulaient sur les pistes, la mitraillette battant sur le ventre. À présent, ils patrouillent dans notre ville, devant l'église et la minuscule synagogue, devant le garage qui sert de mosquée, et avec l'incendie le préfet en a déployé partout, dans l'espoir de coincer des pyromanes, des types qui se baladeraient avec des jerrycans d'essence et des branches en feu sous les sapins. Ils me font vider mon sac sur la neige. Ils peuvent fouiller, un feu comme celui-là ne se cache ni au creux d'une main ni au fond d'un bagage. Mon couteau passe de main en main, estimation de la valeur de l'acier et de celle des sentiments, arme de catégorie 6, pas de quoi fouetter un chat ?

J'ai été armé moi aussi, à l'époque où l'on m'a essayé au biathlon. Pas de fusil d'assaut, comme eux, mais d'une carabine de petit calibre, sportive, chargée de balles supersoniques. J'ai fait quelques entraînements avec Bailly-Salins, l'un des champions de la discipline. Tireur sans conviction, j'ai vite été renvoyé aux rampes du combiné, là où j'étais encore le meilleur, pas pour longtemps. Ma mère a accusé le coup. À l'époque où elle courait, le biathlon n'était pas ouvert aux femmes. Ça ne l'a pas empêchée de se former au maniement des armes à feu. Il doit rester plusieurs de ses carabines chez mon père à Messia, dans une armoire blindée, avec les fusils des grands-oncles. Pas des armes de biathlète, bardées de clapets de sécurité, enlaidies par les chargeurs, les logos des sponsors, les bretelles. Non, des armes simples et nues, létales. La beauté du bois poli, de l'acier mat, des lunettes de visée. Ça vous inspire ?

*

Dans Cuisance, la cohue n'est plus la même. L'incendie n'a que quatre jours et fait déjà partie du paysage. De petites foules observatrices se pressent aux points stratégiques et il serait possible de redessiner la ville en fonction de ces belvédères, de les matérialiser au sol : balcon, longue-vue, table des sommets (Furieuse, 1238 m; Chalam 1152 m; L'Épina, 1158 m). Déjà les marchands ambulants ont rapproché leurs camionnettes et alimentent les curieux en cornets de châtaignes, gaufres poudrées de sucre glace, chocolats bouillants. L'été prochain, des excursionnistes visiteront Cuisance et se feront raconter l'incendie. Il y aura un guide qui expliquera tout, en vente dans les librairies et les maisons de presse, à l'office de tourisme. L'auteur donnera des conférences, prétendra tout élucider. Le malin.

Dans la poche de ma veste, je sens briller le pendentif. Il fait surgir Biljana, ses jambes musclées de coureuse de fond lacées dans des bottes, son visage peint comme une porcelaine d'ivoire, d'azur et de lilas. Oui, oui, vous me trouvez sentimental. Je traverse la ville au pas, sans regarder devant moi, dévisageant tous les passants. Ma voiture finit par buter dans la cour de l'usine. Je suis avec les jeunes filles, du côté de leurs corps hésitants, dans le silence de la plus mutique d'entre elles. Je cours derrière Biljana, car elle finit toujours par passer devant, au deuxième ou au troisième kilomètre, peu importe, je la sens monter derrière mon épaule, le souffle rauque et régulier, le sang aux joues on peut dire comme ça comme on peut dire volonté ou colère, comme on ne peut pas dire la perfection de chaque pas si admirablement déroulé, adhérence propulsion envol, et puis sans que j'aie rien cédé de ma vitesse elle est devant, cheveux nattés, tee-shirt jaune assombri par la sueur, lèvres découvrant ses petites dents très blanches, ultra serrées.

Je ne remarque pas la plaque de verglas en descendant de ma voiture. Je tombe, lourdement, sur l'épaule. Je ne suis plus le jeune homme léger qui s'envolait de la rampe, skis aux pieds. J'ai bien pris vingt kilos en vingt ans. Du coffre, des bras épais, des épaules puissantes. Mais je sens ma clavicule céder sous le choc dans un éclat de douleur qui me tire un cri. Je perds la jeune fille, tout comme le garçon secret et ardent courant dans la forêt dès ses dix ans, accompagné du fox inlassable que ma mère avait baptisé Taffetas et que nous appelions Taff. Je perds ce domaine d'été, pénétré de faibles rayons, frémissant de présences animales, si proches parfois que Taff hésitait sur la conduite à tenir, suivre l'enfant sans ombre ou bondir dans le sillage d'une meute de brocards. Il me faut quelques instants pour me reprendre, pour calmer le tremblement de mes jambes, contenir mes gémissements. Je me relève avec peine, en m'accrochant à la portière de mon bras valide. Ma tête tourne, je crois que je vais vomir, et puis non, c'est passé. Je traverse la cour comme font les petits vieux, les pieds légèrement écartés et plaqués sur la glace, le bassin conduisant les mouvements, le cou raide.

D'après Léontin, l'os n'a pas cassé. Vous me direz : qu'est-ce qu'il en sait ? C'est qu'il y a des trous dans son curriculum. On dit qu'il a passé du temps dans les montagnes du Kurdistan, entraîné par une poignée de vétérans, que c'est là que ses tatouages ont pâli, se sont compliqués de rides précoces. On raconte qu'il a été blessé lui-même, qu'une balle a perforé son dos, qu'il en garde la forme d'une pieuvre, taillée dans la chair, à grands bourrelets rougeâtres, salement cicatrisés. On dit que les fils d'encre qui naissent à ses poignets, torsadés sur ses bras jusqu'à recouvrir entièrement ses épaules de volutes bleues, s'arrêtent net aux lèvres de l'ancienne plaie. Bref, Léontin me dit il n'y a rien de cassé, et ensuite il fait comme si je n'avais plus mal alors, en serrant les dents, je vais fouiller dans la trousse de secours et j'avale deux capsules d'antalgique. Lorsque Sage pose devant moi le classeur des courriers à signer, je vois éclore des étoiles, des bouquets légers, gélatineux, qui recouvrent en douceur toute ma cornée.

Ma chemise est maculée de cendres. Il y en a partout. Sur les meubles, sur les murs, sur les vitres, dans nos poumons. Léontin en a mangé plus que quiconque. Il raconte comment c'était, nos bureaux en aquarium dans la grande fumée et comment il est monté sur le toit, à la manière d'un scaphandrier, équipé d'une tenue de protection complète, ce qui n'a pas empêché que ses joues soient brûlées par la poussière.

En début d'après-midi, Clebs débarque dans mon bureau. Mon Dieu ce chien ! Il pousse la porte et fait le tour de la pièce, flairant dans les coins comme si j'y entreposais de l'explosif. Et puis, sans un regard pour moi, il se campe face à l'incendie (enfin, à présent une sorte d'âtre géant qui lâche çà et là des fumerolles, comme font les vieux volcans empestant le soufre) et il claque trois fois les mâchoires comme un soldat vérifie le fonctionnement de son arme. Des exclamations viennent du couloir et je suppose que mon père remonte une haie d'honneur, tous les employés des bureaux se précipitant pour le voir, la plupart d'ailleurs ne le connaissant que de réputation, oui comme ces volcans lointains dont on sait qu'ils obligent à détourner les avions mais dont on n'a jamais entendu que les noms étranges, impossibles d'ailleurs à répéter. Il doit serrer les mains des quelques comptables qu'il a lui-même recrutés. Si ça se trouve, on lui demande de poser pour un selfie. Mon père est un homme magnétique. Même à son âge, vous n'imaginez pas l'effet qu'il fait aux gens. Et puis il s'installe dans ce large fauteuil en cuir, dans lequel il m'arrive de m'endormir quelques minutes après le déjeuner. Il regarde le tableau que j'ai accroché moi-même au mur, une des rares choses que j'aie choisies en personne, en y réfléchissant bien, dans cette vie où tout le monde a des projets pour moi. Et je ne pense pas seulement à ma mère, que vous n'avez pas connue, à mon père, qui ne cesse de nous surprendre, à ma femme, qui a des pouvoirs, mais aussi à Sage, qui régente mon agenda, et à Léontin, qui sans doute rêve de me supplanter. Sans parler de mon frère, qui m'a interdit tous les territoires dont il est le roi. Roi fou peut-être. Roi débile et couronne tombante. Je sais ce que vous pensez. Roi sans sujet errant dans ses décombres mentaux. Mais libre de traîner ses guêtres dans les friches, dans les espaces encore libres de notre territoire, libre de n'être rien qu'un aventurier dans ses songes, fussent-ils clos, fussent-ils muets.

Il est temps de dégommer les drones, de me faire disparaître des écrans de télévision. Mon père ouvre son grand sac de toile. Il fait coulisser la vitre. Des spirales de cendres roulent à l'intérieur, aspirées par l'air chaud. Nous sommes comme au stand de tir, jadis, mon père accoudé à la fenêtre, moi les mains vides, ballantes. Le drone bourdonne, suspendu par ses petites hélices, ses caméras braquées vers les parois du cratère, et à l'idée du plan qui s'afficherait sur les écrans de contrôle de son pilote s'il venait à modifier l'axe de sa machine, canon mat du fusil pointant depuis les bureaux de Métalor, je me sens mal mais il est déjà trop tard. Étouffée par le silencieux, la détonation. La chose, le nuisible bidule muni de spires en matière plastique, l'horrible petit aéronef voyeur, ripe dans un mouvement hors de contrôle et s'abîme brutalement, exactement comme s'éjecte la cartouche de la culasse tandis que mon père se redresse avec un claquement de langue satisfait.

C'en est fini de lire la cluse, ses matières mortes qui dérivent mollement vers Cuisance, que les employés municipaux n'ont pas fini de déblayer, tombereaux de cendres, d'arbres mâchonnés, de pierres éclatées. Fini d'épier les plans de mes ingénieurs, mes mouvements guidés par des obsessions, mes investissements futurs marqués sur des cartes avec des pastilles de couleur, jaune pour le néodyme, rouge pour la thorite, noir pour le mischmétal. Je vis dans des cercles. Le cercle de Cuisance est marqué au fer. Il fume tel le cuir d'une bête soumise. Le cercle de Messia, c'est l'orbite de notre lac, son œil irrégulier, opaque comme celui d'un cataractique, on ne sait s'il est véritablement aveugle ou s'il absorbe tout, se saturant de toxines, prenant des teintes malades, jaunissant jusqu'en son centre. Il explosera peut-être, à la manière de ces lacs des îles volcaniques, qui gonflent comme des œufs avant d'expulser des matières brûlantes, des geysers âcres et puants. Je m'attends à ce que sa surface se soulève, fasse dôme, ne reflétant plus seulement le ciel mais la maison natale, les pans de sapins, ce que nous sommes dès que nous nous réunissons, plus les mêmes, traversés de motifs oubliés, actifs oui mais inavouables. Nous grandirons dans la poussée du lac, nous nous déformerons sur cette lentille, plus grands, plus agités, enlaidis. Nous serons captifs de cette bulle d'eau. Je m'attends à ce dénouement. Je m'y prépare.

Après le départ de mon père, je suis épuisé. L'énervement, la douleur, l'hippocampe qui me tient dans une tension hallucinatoire, le procès qu'on nous intentera pour destruction d'aéronef, l'incendie dont les causes demeurent impensables, l'enfer climatique. Il faudrait qu'un ange se présente. Il me dirait ce secret que je porte. J'en ai vu, des Annonciations. Est-ce que la vérité délivre l'exaucée ? Est-ce que les peintres se posent la question ? Est-ce que Carole pourrait me répondre ?

Au lieu de quoi, je suis seul. Derrière la cloison, Sage rit comme on hennit. Au mur une vanité, un enchevêtrement de gemmes, de pierres taillées, de balances, un crâne vomissant des cornalines, encore une peinture du XVIIe siècle, la preuve que Dunod de Charnage a fini par me hanter aussi, non comme un objet de recherches et d'études, ça c'est le domaine de Carole, mais comme un effroi qui ne se résout pas.

*

À dix-sept heures, je passe devant la station-service. Sur le fronton, en chiffres clignotants, l'heure s'affiche en rouge, suivie de la température. Moins huit degrés. Ça remonte. Lentement mais sûrement. D'ailleurs on annonce la neige, sur France Bleu. La neige et la fin de l'incendie. La sous-préfète confirme les pronostics. Sa voix est ferme, confiante, indéniablement souriante. Elle sait jouer la comédie, Forestier. Je l'écoute d'une oreille distraite. C'est que je vois, comme j'approche du lac, masqué par les herbes mortes, quelque chose qui s'apparente à un tissu vert, imprimé à ce qu'il me semble de grandes fleurs blanches.

Croyez-moi ou pas, j'ai cru qu'elle était là. Biljana. Oui, j'étais intoxiqué par l'illusion, depuis quatre jours je vivais dans un monde parallèle, je la cherchais partout. J'ai cru que c'était elle. Massacrée par je ne sais quel maniaque et abandonnée à une bordure d'eau dont le poids de son corps aurait pénétré la pellicule de gel. J'ai couru en soutenant mon bras et malgré ça la douleur m'a retourné l'estomac. Je pensais à ses jambes blanches, nues dans des chaussures hautes, engluées dans la berge. Je pensais à son visage flottant dans une bannière de cheveux noirs, déroulés hors des nattes, crissants et pétrifiés. À son manteau déboutonné, ouvrant à l'hiver les tissus fragiles de sa gorge que les mouvements de la chaleur et du sang n'animeraient plus. Plus j'approchais, plus le tissu révélait ses dimensions. Ce n'était pas une robe, comme je l'avais cru tout d'abord. Ce n'était pas non plus un panneau, comme on peut en accrocher aux fenêtres. C'est une bâche, me suis-je dit. Une bâche de tissu plastifié bordée d'œillets de métal dans lesquels passait une cordelette. Je l'ai soulevée avec effroi. La surprise m'a fait lâcher prise. Il n'y avait rien dessous. Mais en relevant la tête, j'ai vu une forme noire enfouie dans le lac, à quelques pas du bord. C'était Clebs. Il ne flottait pas vraiment. La glace le maintenait en place. J'ai repris mon souffle et j'ai commencé à tousser. J'avais trop couru dans ce froid intense. La douleur dans mon épaule a encore monté d'un cran. Mon visage s'est couvert de sueur. J'ai fait un effort pour ne pas vomir. J'ai senti un mouvement sur la gauche. C'était Jonas. Il traînait une griffe, outil dont mon père se sert pour aérer la terre de ses jardinets. Et il s'était coiffé d'un chapeau qu'il avait dû dégotter dans la même remise où mon père range les plantoirs, les bêches, les râteaux. Un chapeau de camouflage, couvrant largement les oreilles et agrémenté d'une plume de geai. Arrivé à côté de moi, il a compris que la griffe ne lui servirait à rien et il l'a jetée sur la bâche. Mais au moins il avait chaussé des cuissardes. Il s'est enfoncé dans l'eau, mixture faite de vase et de glace, résistante, compacte. Avec effort, il a progressé jusqu'au chien. Le lac ralentissait ses pas, avec d'horribles bruits de succion. Les pattes et la gueule du chien étaient liées avec de la ficelle bleue, celle qu'on utilise pour tout ici, assembler des fagots, fermer une clôture, ligoter une bête pour la mort. Il a soulevé la crevure. C'est qu'il a de la force, lui qui continue de trimballer des pierres, plus celles des cimetières, non, pour ça tout le monde l'a à l'œil, mais celles des prés qu'il roule vers les étangs, dans les forêts, les disposant en cercles, les assemblées de Jonas, c'est ainsi qu'en parle ma femme, qui le prend pour un poète. Mais ils lui ont coûté, les six ou sept mètres qu'il lui a fallu franchir, Clebs dans les bras, pour revenir à la rive. De ma main valide, je l'ai aidé à le hisser sur la berge. Et cette fois, le dégoût se conjuguant à la douleur, j'ai vomi, à genoux dans l'herbe gelée, j'ai vomi et je me suis rincé la bouche dans l'eau du lac où avait baigné la charogne mais à ce moment-là je n'y ai pas pensé.

J'ai cherché mon père parmi les bouquets de bouleaux et de saules tout proches. Je suis allé jusqu'au grillage qui défend l'accès aux vestiges de la cité lacustre du néolithique, maisons sur pilotis et pirogues taillées dans le chêne. J'ai appelé. J'ai dérangé quelques oiseaux, écrasé des perce-neige, longé la clôture tout du long. Jonas courait sur la berge, du chien à la maison, de la maison au chien, d'une foulée paisible de marathonien. Le temps que je revienne sur mes pas, il avait fait quinze longueurs. Assez pour piétiner des empreintes, le cas échéant. Il avait cet air absent des athlètes de haut niveau, dopés à l'adrénaline et aux anti-inflammatoires. J'ai eu envie de lui sauter dessus et de le jeter dans le lac mais je crevais de douleur, chaque pas m'éprouvait, les élancements de mon épaule me soulevaient l'estomac, j'étais gaugé. Dans la maison, j'ai commencé par prendre un antalgique, en luttant de nouveau pour ne pas vomir. Quand il m'a semblé que mes frissons se calmaient, j'ai entrepris de fouiller de fond en comble. La voiture de mon père était au garage, mais il manquait ses skis, son sac à dos. J'ai passé un coup de fil à Carole. Elle travaille le vendredi à la bibliothèque universitaire et il faut croire qu'un incendie comme le nôtre n'est pas assez pour modifier son emploi du temps. Lorsqu'elle était partie, mon père était dans son atelier. Alors j'ai prévenu les gendarmes.

Dans le temps qu'ils ont mis à venir depuis Cuisance, j'ai refait le tour de l'atelier. Des bols de couleur, sur un guéridon. Cette même toile enduite d'arbres brûlés auxquels se mêlaient à présent des coulures jaunes, violent soleil bavant blessant crevant les yeux. Dans le fond de la pièce, au coin d'un miroir, une photographie de ma mère. Elle était très jeune alors. Elle n'était pas même ma mère. Le loup léger de fin d'été, c'était du velours autour de ses yeux clairs. Elle portait un chemisier noir, légèrement transparent pourtant, en gaze je suppose, avec un col très haut, dans un autre tissu, opaque celui-là, sur lequel se détachait son cou, délicat, chaud et vivant. Elle ne souriait pas mais elle était saisie au bord d'un mouvement, elle allait bouger, parler dans l'instant et il était difficile de savoir si elle serait cruelle ou tendre, elle avait tout en elle. J'ai dégagé la photo des rainures du cadre dans lequel elle était prise et je l'ai retournée. Les morts ne peuvent pas tout voir, c'est ce que j'ai pensé.

Ai-je compris à ce moment-là que l'incendie désormais était en nous ? Dans nos reins et nos cœurs ses ailes ardentes. Éclairant tout à sa façon anarchique, sur le point de tout dévaster. Et s'il fallait donner un sens à tout ceci, je dirais qu'il était un écho. Agrandi, augmenté de ténèbres. Un écho de l'incendie des hauts.

— Votre père a-t-il pu tuer son chien ? demande l'officier.

Je ne réponds pas. Pourquoi mon père aurait-il tué son chien plutôt que Jonas ? Ça n'a pas de sens.

Lorsque Jonas a eu l'âge d'aller à l'école, ma mère a décidé de le garder avec elle. Il courait, il skiait, il nageait. Il lirait, il compterait jusqu'à dix puis à l'infini, il connaîtrait la suite des rois puis des Républiques. Sans qu'elle l'admette, lui épargner l'épreuve de la scolarité c'était reconnaître que cela ne serait jamais possible. Mon père n'a pas fait mine de s'intéresser à la question. Il était loin le temps où il partait avec ma mère au bout du monde, où il lui offrait l'embarcation des Indiens, leur arc et leurs flèches, de doux colliers de coquillages. Ils vivaient dans deux cercles qui se croisaient dans leur chambre à coucher, et uniquement là. À passer sa vie entière avec Jonas, ma mère a fini par oublier que tous les enfants ne dorment pas debout. Lorsque le car de ramassage scolaire me laissait en haut du chemin et que je descendais vers la maison, lugeant sur mon cartable, je voyais leurs silhouettes jumelles à la table du salon. Ma mère très droite, pull et pantalon blancs, ses cheveux d'un noir japonais, et ce triple rang de perles qu'elle ne quittait plus, qu'elle portait jusque sous son tricot de skieuse. Mon frère légèrement voûté, son bonnet enfoncé jusqu'aux sourcils, déchiffrant la page d'un livre de Maurice Sendak. À peine avions-nous goûté que ma mère donnait le signal du départ. Les skis étaient alignés sous la galerie, déjà fartés par ses soins.

Les gendarmes ont tenu à fouiller la maison. Je leur ai ouvert la chambre de mon père. Un mur y est percé d'une large baie à mi-corps. Le lac est entièrement contenu dans le regard. C'est lui l'horizon. La frontière à scruter. Un télescope avec trépied est installé devant la fenêtre. Dans la mire, il y a le canoë que mon frère a sorti hier, et son gros anorak est encore dedans, polichinelle aux bras inertes et gonflés. Sur la table de nuit, le livre avec lequel mon père s'endort, soir après soir. Sur l'enfilade à droite du lit, contre un mur aveugle, les trophées de ma mère et un portrait d'elle dans un cadre de verre biseauté qui distrait l'œil de son jeune visage de championne, grain de beauté au coin des lèvres, carnation d'abricot et comme un démenti le loup autour des yeux froids, à peine atténué par le hâle d'été. L'odeur de chien semble sourdre des murs, de l'édredon épais, du tapis presque entièrement enfoncé sous le lit. J'ouvre la fenêtre. Le temps tourne à la neige, on la sent qui pousse, humide, dans l'air. Quatre hommes remontent lentement la berge dans la nuit qui tombe, la toile tendue entre eux creusée sous le poids du chien et de loin on pourrait croire de nouveau que c'est Biljana, ses cheveux noirs répandus tout autour d'elle, son cœur mort.

Les gendarmes fouillent les tiroirs, déplacent les meubles, m'obligent à reculer dans l'angle mort. Le lac disparaît, la sensation même d'extérieur, je suis dans le pli de murs qui se referment, tandis qu'on ouvre devant moi le lit de mon père. Je baisse les yeux. Sous le lit, le long du mur, des taches de couleur. Ce sont des chiens, les uns entiers, les autres coupés au-dessus de l'arrière-train, des pieds d'hommes chaussés de cothurnes, disposés sur un fond d'herbes sombres, hérissées d'épines, où l'on devine la base d'arbres géants, léchée de palmes de cette même couleur bronze qui étouffe les morceaux de la tapisserie mutilée du couloir, de l'autre côté de ce même mur, et je me demande qui, dans cette maison bien plus vieille que mon père, a jugé bon dans un même geste de tronquer les lés et de sauver les lambeaux, à moins que les parois de cette maison aient été pliées comme on fait des origamis, par une main négligente, par un dieu paresseux. Je ne sais pas davantage pourquoi mon père ne les a pas recouverts, lui qui a dépouillé cette pièce de son ancien décor, je m'en souviens, je me rappelle m'être enroulé dans des pans de papier que le peintre faisait tomber du mur comme des peaux, avoir emmailloté Jonas dans des bandes ouvragées, gaufrées de lys jaunes, lourdes de colle séchée.

Que faire de moi, de ma présence inopportune, de mon angoisse ? Je colle mon œil à la lunette braquée sur le lac. On le croirait rempli de colle argentée, comme le seau d'un peintre. Il faudrait refaire tout le décor, recouvrir cette montagne austère de lianes, la peupler des fleurs de la clématite brûlante, un berceau pour les insectes, une galaxie de soleils. Messia n'a-t-il de tout temps été un havre pour les humains, un lieu sûr, offrant ses provendes, gardant leurs secrets ?

Mais si je déplace la mire, découvrirai-je dans le paysage un de ces épisodes que l'on observe dans les toiles des grands maîtres, un moment qui suit ou qui précède la scène centrale, ici ce serait, aux marges de notre incendie et des habitants rivés à son développement, des mouvements houleux autour d'un homme aux cheveux blancs, des hommes, des femmes qui sait ? s'abandonnant aux extrémités d'une haine rance.

Comme on a lié son chien, a-t-on pu s'emparer de mon père, le jeter dans une voiture, le conduire vers un supplice ? Pour l'absoudre, il faudrait qu'il brûle. Il est de ces hommes que l'opinion ne conçoit que coupables. Y a-t-il eu une foule, sa rancœur, sa misère pour s'en prendre à un homme perdu dans l'âge ? Est-ce cela que viennent me rappeler les apparitions de Biljana ? Qu'il y a eu Caïn pour tuer Abel ?

Ou bien a-t-il décidé de rompre l'amarre ? Celle qui le tenait encore à nous, Jonas et moi. S'est-il résolu à devenir un esprit, à hanter la montagne ? À nous imposer de lui survivre ?

Je n'ai que des questions.

Je n'ai que des peurs.

*

Carole me conduit à l'hôpital. Sur sa capote militaire, les décorations font comme un rang de fantaisies. Je pourrais y ajouter l'hippocampe qui luit toujours au fond de ma poche, que je cherche à tâtons, qui me parlera peut-être encore. À ma demande, Carole s'arrête à la station-service. Des flocons clairsemés tombent dans la lumière des phares et celle de l'auvent en champignon qui abrite les pompes. On pourrait les compter. Ils se figent sur le sol glacé, chacun avec son dessin unique, rigoureux hexagones. Si j'étais seulement un enfant, si je n'étais plus un homme, j'essaierais de ne pas les écraser, mais j'avance sur le bitume étoilé, je pèse si lourd.

Dans la boutique, les compresseurs des réfrigérateurs vibrent doucement. Le bas-rouge est devant la caisse, tourné vers moi, babines relâchées. Une tasse de soupe instantanée fume sur le comptoir.

— Ta femme descend pas de sa voiture ? demande Magali.

On voit ses dents, sa bouche ne ferme pas bien, peut-être qu'elle grogne, la nuit. Dans son dos, le lac troue la neige d'un chas hermétique. Je me retourne. Carole n'a pas coupé le moteur. Elle a poussé le chauffage à fond. Mais sur le pare-brise encore froid, les flocons mettent du temps à fondre. Ils poudrent son visage. Elle s'efface peu à peu. Et cette nuit, tout va disparaître. L'incendie va s'éteindre complètement. Les pompiers vont quitter son chevet et aller dormir. On ne retrouvera pas mon père.

— J'ai rien vu, dit Magali.

Elle boit sa soupe en aspirant très fort, comme dans les fermes. Je ne crois pas à ses dénégations. Je crois à ses jumelles, à ses relevés, au lac offert comme une hostie, tendu vers sa bouche qui ne se referme pas, je crois au temps dont elle se bâfre, à sa vigilance de gorgone. Je suis un homme, je fais un pas, hostile, le bas-rouge aboie, moins énervé que moi.

— Clebs, dis-je.

Quelqu'un l'a lié pour le noyer, mais elle n'a pas vu ça non plus. Ni père ni bête. C'est un jour comme un autre. La saleuse gronde dans la pente. Les flocons gagnent en densité. La station ferme à vingt heures.

— Il faudra une radio, dit l'interne, mais sans doute les cartilages se sont-ils brisés dans l'articulation de l'épaule.

Il me demande ce que j'ai pris et me donne deux comprimés dans des alvéoles étanches. Je pourrai les prendre dans la nuit. En me parlant il tourne légèrement la tête et au bout de son regard Carole pianote sur son portable, installée dans un de ces fauteuils qui ressemblent à une coquille d'œuf, posés par rangs de cinq sur une assise métallique. Non, on ne peut pas me faire de radio maintenant, et une piqûre de morphine, certainement pas.

— Attendez, vous êtes déjà shooté pire qu'un cheval de course !

Je secoue ma vieille tête de canasson, mes soucis de toujours. Je n'insiste pas. La salle d'attente est presque vide, c'est une nuit sans grands brûlés, la neige ferme les routes, les ampoules faiblardes laissent sa part à l'ombre, le médecin fait semblant de ne pas savoir que je vais bouffer ses médocs dès qu'il aura le dos tourné.

Carole n'aime pas que je parle de mon frère comme d'un daubot, mais comment en parler, sinon ? Les gendarmes n'ont pas pu en tirer un mot. Son chapeau enfoncé sur les yeux, il a fait de grands gestes muets, un genre de danse d'hyménoptère, ça aurait intéressé un entomologiste. Les gendarmes sont des types patients. Ou peut-être qu'ils lui sont reconnaissants de l'extraordinaire affaire pour laquelle il leur a offert un paisible dénouement, voici plus de vingt ans. Ils lui ont demandé d'appeler si quelque chose lui revenait. En attendant, je sonde la tempête dans laquelle nous nous enfonçons au ralenti. Et si mon père n'était pas si loin ? Les disparus, on les croit à d'impensables distances alors que parfois ils ne font que tourner sur eux-mêmes, nous frôlant en silence, nous alertant par signes ténus. Alors je guette les tourbillons de neige, la lisière de la forêt. Entre les arbres ne passent pas seulement les bêtes. Vous le savez comme moi.

Devant la station, Carole roule au pas. Le bâtiment est éteint. Néanmoins la voiture de Magali est toujours là, une bonne dizaine de centimètres de neige fraîche entassée sur le capot et le toit. Est-ce qu'elle dort là, la marchande d'essence, sur un tapis déroulé entre les étalages, au milieu des jerrycans de liquide de refroidissement et des barquettes de sandwiches ?

Nous devrions être à Furieuse, dans notre maison qui n'est qu'à nous, et pour le cinquième soir nous voilà coincés ici, avec mon frère qui a laissé son chapeau de chasseur pour son éternel bonnet couleur d'âne et mon père passé dieu sait où. Je les regarde manger, Carole et Jonas, de gros œufs cassés dans la cancoillotte fumante, poivrés largement, qu'ils lapent à grands coups de pain blanc. J'avale quelques gouzés. J'ai trop mal pour avoir faim.

D'où est venue cette bâche verte semée de pétales blancs comme une robe de femme ? Mon frère ne répond pas à mes questions. En l'absence de mon père, il a peut-être forcé sur ses doses. Sa paupière droite est complètement abaissée et on voit à peine son autre œil, opaque et pâle. Peut-être qu'il pense, comment savoir ? Peut-être les choses s'effacent-elles à mesure qu'il les vit. Peut-être qu'il n'a vraiment rien vu.

Si le feu ne nous brûle, ce sera la neige. La nuit tourne au blizzard. Le vent siffle lorsqu'il se casse sur les angles de la maison. La neige colle aux vitres, sédimente le long des fenêtres. Mon père est dedans. Je ferme les yeux. Je les entends, les enfants qui n'ont pas grandi, leurs petits os brisés, écrasés sous le pas du monde, éclatant en mille cris, mille brindilles, mille escarbilles. Je vois mon père avançant dans la cendre, alors qu'il ne reste plus du ciel d'hiver qu'une infime lueur, et tout autour du foyer une assemblée d'hommes en uniformes qui ne parlent plus qu'à voix basse, qui ne parlent plus qu'à peine, qui garderont le silence plusieurs jours durant, les gyrophares muets qui tournent sur les véhicules d'urgence, le froid polaire dès qu'on s'écarte des murs calcinés. Je sais ce que cherche mon père. La pâleur d'un crâne, cette voûte fragile qu'on croit contenir l'éternité.

Carole a fini par défaire sa valise. Des petites piles de vêtements sont posées au hasard, sur les meubles, le fauteuil, mon oreiller. Elle s'est enveloppée dans un peignoir sur lequel sont imprimés des lupins dans des couleurs de poudrier. Autour, tout paraît en niveaux de gris. Gris-violet les pavots velus de la tapisserie, gris crevasse les espaces entre les lés fendillant les murs de haut en bas, gris tourterelle l'intérieur de ses poignets, gris réséda ses cheveux accrochés dans les dents d'une grosse pince.

— Qui pouvait bien en vouloir à ce chien ? réfléchit-elle à voix haute.

Je pourrais lui répondre.

Rien ne lui paraîtrait plus horrible : que mon père ait lui-même tué Clebs. Soumis le chien d'une caresse pour lui lier la gueule. Pesé sur sa grosse tête baveuse jusqu'à ce qu'elle ne respire plus. Carole n'aime plus le lac. Peut-être qu'elle n'aime plus mon père, sans oser le dire. Je triomphe ? C'est ce que vous pensez et c'est vrai. Il n'y a plus que moi avec elle. Et pourtant je la connais, la détresse des chiens. Un jour, Taff a cru que je l'abandonnais. C'était loin. Au-delà de Bataillard, de la montagne de l'Herba, des Noirvaux et des Cornées. Une forêt immobile dans la chaleur, digitales sucées par les guêpes, fougères affûtées sur la peau, nos jambes criblées d'infimes coupures. Nous avions couru sur une portion pressentie pour la Transjurassienne, qui finalement n'est jamais allée jusque-là. Nous trois. Mon frère, Biljana et moi. Et aussi Renaudot, un acolyte du ski nordique, inutile d'en dire davantage, ce n'est qu'un figurant ici. Si nous étions allés si loin, c'est peut-être que j'aimais conduire la tout-terrain de ma mère, mon permis de débutant en poche, et qu'il fallait des prétextes, j'en ai assez cherché. Bref, nous avions terminé cette course estivale, pioché dans une glacière des boissons reconstituantes à colorants psychédéliques, nos systèmes nerveux étaient noyés d'endorphines, du pollen coagulait dans notre sueur. Lorsque les quatre portières ont claqué, Taff furetait dans un morceau de prairie glissé dans la sapinière, lieu sans doute riche en odeurs pour un chien de sa race, promesses de fourrures et de saignées, fèces des chevreuils qu'il avait fait fuir en bondissant à nos côtés. Il a couru, vaillamment, derrière la voiture qui prenait de la vitesse. Ça monte vite, au compteur. Le chien n'est que de la vie. Il cède du terrain. Il se réduit dans la lucarne. Petite boule dont le cœur ne tient pas la longueur. Nous étions hilares. Là où elle se refermait sur lui, la forêt venait muette et noire. Et puis Biljana a dit, Ta mère te tuera. Comme si ça n'avait pas été qu'une blague. J'ai coupé le moteur. Nous avons attendu un moment. Des insectes bourdonnaient autour des bulles de sève sur le tronc des sapins. J'en voyais se noyer, les ailes ouvertes, extasiés. Allongée sur le capot, Biljana prenait le soleil mais quand elle s'est redressée elle était très pâle, ou bien c'était l'ombre qui avait grandi dans le silo des prunelles, autour de ses yeux, jusque profond sous sa peau, mycélium couleur de cendres, lividité des brunes, j'apprenais ça. Jonas, cet idiot, tentait de faire boire du Powerade au chien. Taff s'est dégagé pour se rouler devant moi. Moi. Le fils de ma mère.

Plus tard, Carole me prend dans ses bras. De la capsule fendue entre ses jambes je lape l'opium. Mon épaule meurtrie me cloue au matelas mais ma femme sait se suspendre. C'est une voltigeuse, Carole. Bien que le lac n'entre pas dans notre chambre par cette nuit de neige je la vois entre mes cils. Loin à travers les flocons, les aboiements du bas-rouge.

*

Je ne sais pas quelle jeune fille a été ma femme. Il y a des images, cependant. Elle pose sur une plage de galets, peau froide, maillot mouillé, vent malmenant ses cheveux tressés qu'elle porte blonds sans se soucier déjà des racines sombres. Elle est devant son lycée, hypokhâgneuse bouffant des révisions, le regard exagérément grave lui vient de la petite enfance, la beauté est un don plus tardif, elle sort de l'adolescence et les yeux trop grands, la bouche étirée, le nez aquilin s'assemblent enfin, lui font un visage. Elle est à table, dix-neuf bougies, lumière qui se soulève, boucle platine sur le front, si elle court c'est de Sénèque à Choderlos, des mots au kilomètre, quelques longueurs dans la piscine municipale pour ranimer ce corps englouti dans les livres, elle n'a pas appris à skier, je ne sais pas que onze ans plus tard, presque jour pour jour, je vais la rencontrer au vernissage d'une exposition à Cuisance, compagne présumée de l'artiste, s'esquivant sur la terrasse où je la rejoins, je ne sais rien de ses nuits en discothèque, Daft Punk à gogo, drague en bande, migraines jusqu'à la nausée, admission à l'École des Chartes. L'homme avec lequel elle est venue peint des batailles sur d'immenses formats. Bandes de soldats en skate-board, peaux ornées de tatouages, vêtements logotypés communs des villes, postures empruntées à la peinture académique. Les invités se pressent autour de lui, flûtes de champagne en main, mais il suffit de deux pas au-dehors pour ne plus les entendre et me croire seul avec Carole, plus grande que moi d'une tête. Elle découvre ce qu'est la nuit loin du ciel, entre les parois aveugles de la cluse. Face à nous, bas sur la pente, un bâtiment faiblement éclairé de l'intérieur. C'est l'ancien site des thermes, désaffecté depuis des mois, où des rôdeurs auront déverrouillé les compteurs électriques. Je lui propose de visiter cette architecture adossée à la montagne. C'est ainsi que nous passons l'heure suivante dans le bassin vide des piscines. Carole aime les décors de faïence, les carreaux bleus posés en losange sur les murs blancs, les feuilles mortes qui remplissent les pédiluves. Elle a passé un épais chandail d'homme par-dessus sa petite veste, celui qui traînait dans ma voiture, et c'est comme si j'avais déjà mes bras autour d'elle.

Notre mariage n'était écrit nulle part. Ni dans sa vie à elle, dans les capitales de l'Ouest, d'un lieu de savoir à l'autre, existence urbaine, pondérée, cérébrale. Ni dans celle de l'ours que j'étais devenu au bout du compte, légendaire à force d'échecs et de renoncements, engoncé manu militari dans un rôle que je n'avais ni voulu ni refusé. Et pourtant. Elle a résisté à tous. À ses parents, à sa sœur, à ses amis, à ses pairs. Ils voulaient la garder dans leur douceur, sous leurs cieux mobiles, à portée de réconfort. Il faut croire qu'elle était une sauvage, à leur insu. Et lorsqu'il a été question de quitter la maison que j'avais à Cuisance, c'est Carole qui a choisi Furieuse. Le plus froid des monts. Le plus isolé. Celui qui ne se traverse pas. Dont les routes s'interrompent sur des places de bois. Elle s'est engagée dans des travaux exigeants et solitaires. Elle s'éloigne de moins en moins souvent. Pourtant les tableaux l'appellent, les musées, les expositions. Elle revient chargée de notes, un peu hagarde, elle s'enferme dans le noir pour calmer une migraine. En une poignée d'heures elle redevient elle-même. Cette femme droite et clairvoyante, dont les accès de gaieté sont des feux qui m'éclairent, oui c'est ainsi qu'elle me guide.

Rétrospectivement, il n'est pas possible de projeter Carole dans notre cercle. Elle n'est pas de ces enfants qui courent, des kilomètres durant. Elle aurait été bien incapable de nous suivre autour du lac, les jambes fouettées par la houlque laineuse et la paspale à deux épis. Elle n'a jamais domestiqué ce plaisir : le premier kilomètre toujours difficile, le corps à la peine, les herbes du chemin qui piquent et brûlent, et puis l'oubli, cet allègement, le pied qui rebondit, envoie, relance, n'a pas besoin de la pensée, le lac du reste absorbe tout.

Je ne sais pas ce que ma mère aurait pensé d'elle. À dire vrai, il est difficile de faire plus dissemblables. Pas seulement à cause de la blondeur de Carole, de sa capacité de joie pure, de la jubilation qui efface chez elle la discipline. Pas seulement parce que tout lui réussit, qu'elle est une exégète respectée, dont les écrits figurent en bonne place dans la bibliothèque des musées. Mais parce que ma mère portait l'ombre d'un moi mort, un poids intérieur qui absorbait tout, qui nous effaçait, nous, ses fils, quel que fût le dévouement qu'elle nous accordait. Rien de cette tyrannie chez Carole.

Ou bien je me trompe et, comme ma mère, Carole voit en moi des promesses que je suis bien incapable de tenir.

Au milieu de la nuit, je me réveille en sursaut. La maison grince. Je me glisse dans le couloir, au milieu de ses images invisibles, je ne vois pas dans le noir mais j'entends, le froissement des flocons, le roulis très lent du lac, le bois que l'humidité gonfle. La chambre de Jonas est la première au débouché de l'escalier. Sur le papier peint à motifs de pampres de vigne, or et argent sur fond brun, il a collé par dizaines des étoiles luminescentes qui font une voûte au-dessus de son lit. Je distingue d'abord sa tête revêtue de son vieux bonnet gris, le gros édredon rouge, le revers immaculé d'un drap, et puis, m'accoutumant à la pénombre, je reconnais sur l'enfilade sa collection de globes de mariée qui prend la poussière mais dont la pâleur de la nuit tire quelques éclats mats, fleurs de cuivre et miroirs en losange, à la fois sédimentation du vécu et vœux matérialisés sinon exaucés, autant de miroirs que l'on espère d'enfants, autant d'enfants que l'on se voit en reflet, et tant pis si ceux qui vivaient de ces désirs sont morts depuis longtemps. J'ose entrer. Je fais quelques pas dans le sommeil de mon frère, dans ce lieu si sûr qu'il ne se réveille pas.

La question n'est pas tant : où mon père a-t-il fichu le camp ? que : est-ce que mon père m'a laissé seul avec Jonas ?

Suis-je le gardien de mon frère ?

*

À sept heures et demie, les fourgons de la gendarmerie sont là, se frayant une place parmi les voitures des quelques habitants des Planques sollicités la veille, pour la battue. On garde les phares allumés, sans quoi on n'y voit pas. Carole m'a bandé l'épaule, liant mon bras dans une bande Velpeau. La manche vide de mon anorak s'agite, molle, gonflée, se soulève au moindre mouvement d'air. Ne croyez pas que ce bras mort m'empêche de skier. Je peux skier un bras dans le dos, deux bras dans le dos, je peux skier manchot, unijambiste, je peux sauter sur un ski, tout autour du lac, je suis devenu skieur l'année de mes trois ans.

Les gendarmes sont en bleu, rasés de frais. Les autres se contentent de vêtements chauds et fatigués auxquels adhèrent des poignées de foin. Ils ont soigné leurs troupeaux avant de nous rejoindre. Mon père chasse avec eux parfois. Les aide à retrouver une bête égarée sur les pâtures de Chalam. Ils lui doivent bien ça. Je sers des godets de prune le temps que le jour monte. Quelques flocons tourbillonnent encore. Trente bons centimètres de neige sont tombés dans la nuit. Puis les gendarmes donnent le signal du départ, nous nous divisons en deux groupes, pour le tour du lac.

J'ai de très bons skis de randonnée, vous vous en doutez, larges et cambrés, qui conviennent à un terrain accidenté. C'est donc moi qui ouvre la marche, pour ceux qui n'ont que des skis de fond. Même handicapé comme je le suis, je progresse rapidement dans la neige neuve. Le lac est à ma gauche, pâle, azyme. Une croûte de gel raidit les bords. Jonas a relancé son canot et pour ça il a dû d'abord le traîner sur la glace. Lorsque je constate qu'il a embarqué Carole, qu'il l'a coiffée de cette toque en astrakan qui a appartenu à ma mère, habillée de son anorak couleur coquille d'œuf, mon cœur se serre. Magali doit les observer aussi, depuis son aquarium. Et qu'est-ce qu'ils croient? Qu'ils vont trouver mon père, suspendu entre deux eaux? Le lac de Messia, c'est une tourmente sous la surface, une trombe de particules, si dense que même la lumière ne la traverse pas, et si quelqu'un s'est noyé là, nul ne le saura jamais, aucun plongeur n'a jamais rien aperçu des fonds, on s'y meut aveugle, tâtonnant, inquiet. Je tremble. Le lac, sa taie blanche sur une noirceur de mica, la pagaie de Jonas s'effaçant dans l'eau, j'ai peur d'un faux mouvement, de ces canots qui se retournent si facilement, de les voir basculer dans le lac gelé et personne ne pourra les sauver et Magali y verra beau jeu.

Très vite je me détache. Je n'entends plus les autres ahaner dans mon dos. J'oublie aussi que j'ai mal. J'oublie même que j'ai peur. Il faut ce détachement pour que je sois moi-même. Avec eux, je ne serai jamais que leur ombre, affectant leurs manières, imitant leurs gestes, conformant mon corps. C'est ainsi que j'ai appris. Avec ma mère, à être vitesse, résistance, performance. Avec mon père, à rester plus petit que lui. Seul, je me délivre.

Le premier, j'accède au sommet de la petite butée que nous avons décidé d'atteindre. D'ici, on voit le lac dans son entier, mais pas seulement. La station-service sur son promontoire, ses couleurs criardes effacées par la neige, et le chien qui rôde autour. Magali est donc sortie. Elle voit tout, certainement. D'un seul regard. Les deux pelotons progressant l'un vers l'autre sur les rives accidentées par les bois, le canot qui fait des ronds sur l'eau blanche, la maison de mon père qui fume paisiblement. Mais pas la combe des Planques, noyée de poudreuse, ses bouquets de charmes accrochant la neige. Ici la montagne est une main fermée. À mi-pente, il y a une cabane qui ne sert plus qu'à entreposer les pierres de sel pour les troupeaux et des rouleaux de barbelé. Je suis sûr que mon père n'est pas là. Les gendarmes croient qu'il nous attend, quelque part, et ils se trompent. Mon père ne répond pas aux questions. C'est ainsi qu'il règne. Mais je m'élance. La montagne se fend sous mes skis, avec un souffle soyeux de grande neige.

À la cabane, j'attends les autres. Être devant, c'est être seul. Je le sais depuis longtemps. Jusqu'en bas, la neige est vierge et bleue. Un petit ruisseau fend l'immensité. Il navigue en direction du lac, qu'on ne voit pas d'ici. Quelques mottes de crottin, un rail d'empreintes profondes disent qu'un cheval l'a longé, voici peu. Qui a des chevaux ici ? Mon père n'en a jamais eu. Enfin, peut-être bien que si. Une fois où nous courions, Biljana et moi, et où nous avions décidé de courir tout un jour, nous éloignant de Cuisance par le sud, traversant le défilé des Ornes, nous emparant du plateau au-delà, déchiqueté de fosses et noirci de sapinières, j'avais aperçu mon père. Il n'était pas à l'usine, mais malgré tout il portait comme souvent un costume sombre sur une chemise de popeline blanche, une pochette de satin rouge trouant sa poitrine, et de loin ce rouge tirait l'œil. Il guidait un cheval. Je suis tombé en arrêt. Biljana qui me devançait a couru encore trois centaines de mètres avant de réaliser que je ne la suivais plus et de s'arrêter à son tour. Mon père conduisait un cheval à la robe noire dont la tête était couverte, des oreilles jusqu'au nez, d'un masque blanc, que je crus d'abord destiné à l'aveugler et qui était sans doute, de ce que je sais aujourd'hui, une gaze protégeant des insectes ses yeux sensibles. Au bout de la longe, le cheval était hésitant et lent, mon père le tirait durement en avant. J'hésitai mais, mon père ne m'ayant pas vu, je pris le parti de reprendre la course, ce qui était ma manière de ne pas poser de questions, de rester sourd, aveugle et muet, et il faut croire que je le suis resté jusqu'à ce jour, idiot par volonté. Je grimpai donc une pente d'herbe longue, soyeuse, glissante, d'un vert éclatant sur la palette noirâtre des prés. Très vite Biljana repassa devant moi. Lorsque nous atteignîmes la crête, avant de basculer vers l'Épina, je regardai en arrière. Mon père ouvrait la portière de son break. Nulle part je ne vis l'animal. En fin de journée, Biljana et moi nous séparâmes à la baraque du mont Chalam. Elle prit le chemin difficile qui slalome vers Cuisance à travers une forêt dévorée d'érosion. Ma pente à moi était plus douce. Je descendis sans hâte vers Messia, relâché et alourdi, les images tranquilles de notre marathon dérangées pourtant par le souvenir insistant et trouble de la rencontre matinale. Qu'était ce cheval dont mon père n'avait jamais soufflé mot, dont je n'ai jamais rien dit jusqu'à maintenant ? Qu'était ce père dont la vie se passait de nous ? Ma mère était installée sur la galerie, comme elle faisait à présent qu'elle était malade, le col de son pull blanc remonté jusqu'au menton. Sur la petite table à côté d'elle, le thé qu'elle n'avait pas bu, le livre qu'elle n'avait pas ouvert, quelques friandises que je mangeai à sa place. J'allai dans la maison lui chercher une couverture et lorsque je revins mon frère était là, dans sa combinaison de plongée, son masque encore en place, une casquette vissée à la hâte sur la tête. Il avait déposé entre les mains de ma mère une petite hache de roche polie, emmanchée dans une gaine en bois de cerf, soustraite aux limons qu'il fouillait à tâtons dans la zone interdite. Ma mère ne souriait plus depuis longtemps. Et ses yeux étaient posés comme des pierres dans la peau très fine de ses paupières. Elle reçut l'offrande sans un commentaire. Nous nous assîmes auprès d'elle dans l'attente de la tombée du jour. Face à nous, le lac tournoyait lentement, autour d'un axe invisible. Nous le vîmes disparaître peu à peu, recouvert par la nuit, mais nous entendions de plus en plus nettement son frottement de meule. Ce soir-là, mon père ne rentra pas. J'aidai ma mère à regagner sa chambre. Elle déposa la hache guerrière ou votive parmi d'autres reliques et, aussitôt allongée, parut endormie. Jonas et moi dînâmes sans elle. Je fis cuire des pommes de terre que nous écrasâmes dans du beurre et du sel. Nous avions une cible accrochée à un mur de la cuisine et tout en mangeant nous jouions aux fléchettes. Lorsque nous sommes montés nous coucher, sur la pointe des pieds, et que j'ai poussé la porte de la salle de bains, dans le miroir le cheval tremblait encore.

Ma mère je crois n'avait pas peur. Elle savait que mon père serait là pour le dernier souffle, pour le prendre dans sa bouche.

En mourant, ma mère ne m'a pas emporté avec elle, moi son meilleur suiveur. Mais elle a pris Jonas. Il n'en reste que l'ombre. Une ombre entêtée et incompréhensible. Je le regarde pagayer. Il porte un de ces chapeaux cloches qui enfouissent le visage dans une ombre protectrice. On voit pourtant son menton pointu, approximativement rasé. Ses lèvres épaisses sont fendues d'une cicatrice qui se prolonge haut sur la joue. Assise derrière lui, Carole a ramené sur ses genoux un manteau de fourrure qui a appartenu à ma mère, comme la toque en astrakan, comme le canoë, comme le lac dans lequel elle s'est regardée mourir. J'ai déchaussé mes skis et je les attends sur le ponton. Lorsque la périssoire est suffisamment proche, je tends ma main valide à Carole. Je chope le regard de mon frère. Maudit soit-il.

*

Léontin m'attend sur le parking. Une plainte a été déposée par la chaîne d'information continue pour destruction d'aéronef et la gendarmerie a visité mon bureau tôt ce matin. Le pilote était là, soutenant mordicus que le tir n'avait pu venir que de mes fenêtres. Pour mon père, Léontin a entendu la nouvelle sur la radio locale. Il ne fait pas de commentaire. Sans doute espère-t-il que le patriarche a disparu avec son fusil. Ses tatouages se déforment quand il serre les dents comme ça. Chiffres et lettres se resserrent, de petites têtes méchantes se rangent le long de sa mâchoire. Je lève les yeux vers la pente, là où le drone s'est abîmé, au pied de l'incendie. Mon père n'est pas mort. Il remplit la montagne. Partout où je regarde, je le vois.

En sortant de chez le radiologue, je tombe sur un journaliste. Pas de cette cohorte qui s'est envolée avec la fin de l'incendie. Un type d'ici, ou forcé de l'être. Cheveux ras et gris, rondeurs d'enfant, une voix qui surprend, profonde, moelleuse, cigare dans l'haleine et autre chose qui m'échappe (de la réglisse ?). Je le connais, forcément. Son nom me revient, au bout d'un moment, alors que j'élude ses questions mais, me dit-il, on ne parle que de ça à Cuisance. Ça : le chien, mon père, l'incendie et peut-être le drone, les bidons d'essence, les tombes que mon frère a continué à semer partout, sur lesquelles ont dû pisser les chasseurs, les bûcherons, les randonneurs, à moins qu'ils se soient contentés de les contourner, frappés de respect parce qu'un bouquet de jonquilles trempait dans un vase sous des inscriptions indéchiffrables. Je fuis son regard, ses cernes tabagiques, sa patience qui m'écœure. Il me tend sa carte.

— Si vous changez d'avis.

Sous mon pouce, son nom gaufré, en lettres capitales.

Notre maire s'est pendu. On cherchait mon père et c'est lui qu'on a trouvé, derrière la ligne de feu. Tous les arbres n'avaient pas brûlé puisqu'il s'en est trouvé un auquel nouer la corde et son cou trop large de goitreux. Mais avant de franchir la ligne, il a quitté son complet noir, ses pantalons gondolés, ses chaussures dont les semelles inégales compensaient sa claudication. C'est en père Noël qu'il est allé mourir. Il en a été un, un vrai. En ce temps-là, il était adjoint, il fallait quelqu'un au pied du sapin pour les enfants de la commune et c'était lui. Des élastiques passés autour de ses oreilles retenaient sa barbe de nylon. Une perruque bouclait sur ses épaules. D'énormes sourcils jaillissaient de son front et distrayaient le regard de son nez déformé par le rhynophyma. Il a remis le costume, pour finir. La veste, écarlate, doublée de fourrure blanche. Les chaussettes montantes, à motifs jacquard rouge et vert. Ceux qui l'ont décroché disent qu'il pendait comme une dernière flamme, entre la montagne et le ciel de neige. Je ne sais pas s'il a fallu fermer ses yeux qui ne s'ouvraient plus depuis longtemps. On l'a ramené à Cuisance couché sur une luge, son bonnet à pompon dansant sur la neige. Ses adjoints ont fouillé le bureau du défunt, mais pas de mot d'adieu, de regret ni de colère. Juste les tracés du feu sur les cartes de l'IGN et le comptage minutieux, colossal, de la dette. Et chez lui une épouse et des enfants qui le pleurent. Cuisance ne bronche plus. Le vieil homme a payé pour tous, pour les largesses, les insouciances, les prêts indexés sur le franc suisse. Les villes impeccables sont de l'autre côté de la frontière, sans péché oui, sans nos rêves ni nos débâcles, nos usines qui polluent les eaux, les pluies acides qui rongent nos forêts, nos abysses de dettes fantaisistes, s'offrir une piscine en hiver et une patinoire en été, climatiser à volonté, se réveiller avec le frou-frou des canons à neige. À présent il n'y a plus d'auteur. Nos faillites sont orphelines. Allons-nous devoir nous en occuper ?

Cuisance me reprend dans ses anneaux, ses bitumes que dévorent alternativement le gel et le sel. Ils virent au fond du cratère, sans échangeur, sans issue, à l'étroit entre les arêtes rocheuses. La chaussée fait des boucles, du collège à l'hôpital, de la gendarmerie au funérarium. Je longe des kilomètres d'entrepôts, de petites maisons sévères clôturées de jardinets, de bâtiments industriels dévalisés par les squatteurs, que leurs verrières brisées ont laissé se remplir de cendres. J'ai beau avoir baissé les vitres à fond, l'air ne se renouvelle pas ici-bas. Les arbres qui ont brûlé tout près de notre peau n'ont pas fini de nous foutre la nausée. J'ai jeté l'eau bénite sur le corps de Noirot, j'ai froissé le rameau de buis entre mes doigts, j'ai dit quelques mots à l'aîné de ses fils qui était là et qui lui ressemblera mieux quand des protubérances lui seront venues sur le blair. Lorsque j'ai quitté la salle funéraire, la ville s'était remplie d'enfants. Les écoles fermaient, le ciel s'assombrissait, les rampes de lampadaires traçaient des chemins dans l'air, la température est tombée d'un coup, à moins dix degrés, j'ai roulé lentement, en suivant les cocons lumineux, jusqu'à la zone industrielle.

*

Lésion traumatique du cartilage articulaire, a confirmé le radiologue. J'ai le cliché entre les mains. Mon squelette est dans un sale état. Tous mes pas, tous mes sauts, toutes mes courses, tous mes assauts sont compilés là. Carole aimera ça. Cette image de mon passé, la tête humérale dans la cavité glénoïdale de la scapula, les traumatismes, les fractures, les chutes, les larmes saisis dans ces pâleurs de lune que font les os sur le fond obscur de l'imagerie médicale, c'est un cadeau à lui faire, ce film radiographique, ses sels d'argent extrait du bromargyrite, un minerai non repéré ici mais dont on connaît des gisements notables dans l'Allier et le Bade-Wurtemberg, ma vie dans le bref feu des rayons X, les fissures détectables dans le cartilage, irréparables. Carole pourra l'encadrer, comme l'étaient au mur de je ne sais plus quelle exposition les *Mariés* de Solange Reboul, photographiés à la manière d'une radio, sexes de chair raccordés au ténu de silhouettes traversées par la lumière, je me souviens du sombre buisson de la femme, de la branche naissante de l'homme, je me souviens des bromures posés sur la nuit, je me souviens combien ça me ressemblait. Le squelette d'un très vieil homme, a ajouté le radiologue, impressionné. Je regarde après lui, mes os tailladés, rafistolés, tenus par des bagues et des broches, j'avais oublié tout ce métal dans mon corps.

Sage défend l'accès de mon bureau. Ce n'est pas une patrouilleuse tranquille. Elle a beau serrer les dents, il s'en échappe des mots furieux, orduriers, irrépétables. Elle cogne aussi dans les cloisons. Ces coups sourds m'empêchent de me concentrer. Ils n'empêchent pas mon père de remplir ma tête. Le voilà qui me porte. C'est un matin de Noël, un sapin remplit le séjour, je sens ses épines, ses résines, ses larmes tardives, je devine les rougeurs des boules que j'ai accrochées en personne, de toute l'autorité de mes cinq ans. Je ne dors pas tout à fait. Je sais où est mon frère. Dans les bras de ma mère. Puis tout contre moi, enveloppé dans le même duvet. Mes parents nous emportent vers les sommets, allongés dans une pulka. C'est le moment où la nuit cède, éclipsée par les phosphorescences de la neige tandis que l'horizon pâlit. Mais la lueur fossile des étoiles majeures, clouées au-dessus de ma tête, m'atteint encore. La pulka glisse avec douceur dans la neige fraîche comme une eau, qui s'ouvre sans se refermer au passage des skieurs. Le pas régulier de mon père m'endort.

Ma mère est devant. La première elle atteindra l'Épina, les crêts émergeant de l'obscurité à perte de vue, leurs vagues se succédant, irrégulières, dessinées par la lumière naissante, leurs pentes effacées par les brumes appartenant encore à d'autres temps, c'est ainsi apprenais-je qu'existent ensemble passé et présent.

*

Il est rare que Carole appelle. Des snaps, des SMS, voilà sa manière. Alors quand je la vois apparaître sur l'écran de mon téléphone, une photo d'elle que j'ai prise à Furieuse, chez nous, je décroche tout de suite.

Jonas est parti vers la forêt, affublé de son massacre, ces splendides ramures qui le ravissent, qu'il a trouvées dieu sait où, lui qui n'a que ça à faire, errer, collecter ce que les animaux laissent derrière eux, rouler des pierres, les grimer de houx, les graver de noms inventés. Un chasseur a vu pointer l'animal, le splendide coup de fusil. Et l'a cloué d'un tir de chevrotine.

On l'a emporté vers l'hôpital, en urgence absolue.

Jonas, c'était écrit. Il n'a jamais été fait pour notre monde. Ma mère, tant qu'elle a vécu, l'y a imposé de fait. Mais depuis qu'elle n'est plus, Jonas est de ces parias qu'on confond avec d'autres règnes. Que l'on rend responsables de tous les maux. Que l'on abat par mégarde. Moi comme les autres, je me crois plus humain que lui. Moi qui crois ne pas être une erreur, moi qui pense qu'il n'y a pas de place pour les errants, pour les divagants. Ai-je voulu ça ? Je crains que oui.

Un temps, je suis trop accablé pour bouger. Je redoute la douleur qui m'écrase au moindre mouvement, les responsabilités qui m'attendent, la mort qui rôde autour de mon frère, qui peut-être s'attarde pour s'en prendre à moi. De longues minutes, je reste ventousé à mon siège. Des gouttes de sueur perlent à mon front. Je retiens mon souffle de peur d'entendre mon épaule craquer. Des images tournoient et m'aveuglent. Je suis un petit garçon auquel le regard de sa mère interdit de flancher. Jonas est tout contre moi, une casquette enfoncée jusqu'aux yeux. Il bégaie quelques mots chantants, une comptine idiote. Il croit que l'on peut contenter notre mère. L'enfant.

À l'hôpital, je retrouve l'interne. S'il est là jour et nuit, ça explique sa mine de déterré. Il me reconnaît aussi et me tend une main fine, sans prise, une vraie patte de chien qui me fout la chair de poule. Je le suis dans des couloirs, des escaliers, d'immenses paliers où des infirmiers manœuvrent des lits roulants. La neige qui a couvert l'incendie fatigue les yeux. Il faudrait tirer des rideaux, il n'y en a pas. Devant la salle d'opération, avant qu'il ne s'éloigne, je lui demande s'il peut me donner des antalgiques, pour mon épaule. Comme la veille, il me demande ce que j'ai déjà pris. Comme la veille, je minimise les doses. Comme la veille, il regimbe. Puis il cède, enfin il promet, mais puis-je me fier à ses promesses ?

Jonas est dans les mains des chirurgiens. Il y a des taches de sang sur les manches du manteau de Carole. On les distingue nettement dans cette lumière excessive des hôpitaux, comme s'il fallait tout voir, le passé jusqu'à la trame, le corps jusqu'à l'os. Il y a du sang sous ses ongles et dans les lignes de ses paumes. Elle prend sa tête dans ses mains. Voilà qu'il y a du sang plein ses cheveux blonds. Je cherche en vain son odeur, qui est celle des feuillages, puissante et végétale. À la place, je trouve une odeur de fer. C'est tout ce sang qui a coulé, qui est partout sur elle, qui étend son empire.

Elle a entendu le coup de fusil, amplifié par l'écho, par le silence tendu du lac. Elle n'a pas pensé à mal. Elle mettait le point final à son texte sur Doig. Il partait vers son éditeur, avec ce bruit qu'émet la messagerie, qui fait penser à un coursier qui s'échapperait à la vitesse de la lumière. Et puis elle a entendu les cris.

Est-ce que Jonas est allé s'offrir ? Est-ce qu'il a compris que, mon père disparu, il n'y avait plus d'espace possible pour lui ?

Carole me mordrait si je lui faisais part de mes réflexions. Alors je garde prudemment le silence. Pourtant je pourrais lui en apprendre sur la réaction en chaîne, les fissions qui s'engendrent à l'infini, la malléabilité de la matière. Je pourrais lui dire que j'ai arraché les pages des anciens agendas et que ce que je n'ai pas raconté je l'ai oublié auprès d'elle. Je l'ai choisie parce qu'elle occultait tout. Enfin. C'est ce que je croyais. Qu'un corps pouvait effacer tous les autres. J'oubliais que sous la surface ce n'est pas le vide. Ils murmurent, les nageurs morts. Et si à présent c'est elle qui est emportée, si elle m'en veut, comment me défendre ? Oui, j'ai failli, je n'ai rien vu venir, je croyais mon père parmi nous pour toujours, je vois bien que son absence balaie tout, qu'ils se dissipent, les champs magnétiques. Et que mon frère est le premier à tomber.

L'interne avait promis mais ne réapparaît pas. Ça fait longtemps que l'effet des antalgiques s'est dissipé. Je décide de retourner aux urgences. On me donnera bien quelque chose, quand même. La nuit est tombée sans que je m'en rende compte. Les veilleuses tracent un fil impalpable dans la pénombre. J'avance sans voir où je mets les pieds. Ici les morts se démêlent des vivants. L'interne mon ami y veille. Il fait descendre les uns vers les chambres froides des sous-sols. Aux autres il prodigue ses drogues. Que peut-il me refuser, à moi qui suis du côté de la vie ? Je prends l'ascenseur, ses portes s'écartent sur les lumières crues, presque violentes, qui illuminent le hall désert. Je bats des paupières. Mon pas devient sonore, rapide et sûr. Aux urgences, je m'enquiers. C'est au distributeur de boissons qu'il faut chercher mon bienfaiteur et en effet le voici. Je fais comme lui. Je prends une soupe instantanée, un fumet acidulé et épicé monte de nos godets, nous nous installons sur des sièges taillés comme des épluchures d'orange, dont la peinture fendille de toutes parts. Il avale aussitôt une gorgée, moi je me brûle les lèvres.

— Vous pensiez que je vous avais oublié, hein ?

Il sort de sa poche deux comprimés d'antalgique.

— Un tout de suite, l'autre dans six heures, me dit-il.

Mais c'est vers la nuit qu'il regarde, la nuit plaquée contre la paroi de verre, son tapis neigeux tiré jusqu'au bord, la lune couleur blanc de céruse flottant dans un amas d'étoiles. Il a ce visage perdu des camés, l'iris très pâle de ses yeux réduit à un bref anneau, ses immenses pupilles fixes et vides. Au rythme où il va, il ne restera bientôt plus de lui qu'un grand oiseau desséché.

Qu'est-ce qui me retient de lui dire ce que je crois, que mon père est allé retourner le linceul de l'hiver dans ce qui reste de sa maison des hauts, quelques pierres noircies éparses dans un champ d'abandon ? Sans doute le flot d'opiacées qui se déverse dans mon cortex cérébral et me transforme en abruti.

Dans ma poche, il y a un comprimé d'antalgique, et il y a l'hippocampe. Mais ça, je suis le seul à le savoir. Comme je suis le seul à me déplacer dans cet hôpital nocturne, dont les portes s'ouvrent toutes seules à mon approche, dont les ascenseurs m'obéissent au doigt et à l'œil. Me revoici dans mon couloir. Mon conduit profond et endormi. Le feu ténu des veilleuses m'indique le chemin. Et cette fois encore, une porte s'ouvre. Il me suffit de tourner la tête. Biljana est là. Pas celle qui courait devant moi, qui chevauchait le temps, mais ce qui lui reste après que j'ai tant pris d'elle. Il faut croire que j'ai tout gardé de la mélancolie, car ses yeux pétillent, ses yeux rient, ses yeux de femme heureuse. Elle a coupé ses cheveux mais son visage a gardé sa densité, ses pommettes saillantes et douces. Elle porte une tenue de sport bleu nuit sur des baskets roses. Dans le lit devant elle, son oncle est endormi. Je reconnais son grand visage malgré tout ce qu'il a perdu de chair. L'élan qui m'a propulsé dans le décor paraît inscrit dans son nez et son menton proéminents. Il ne repose pas sur l'oreiller, il en jaillit.

— Il est en train de mourir, dit Biljana.

La mort, c'est donc ça, le véhicule ? Faut-il que je la remercie, elle qui n'a cessé de frapper autour de moi mais qui ne m'a pas pris ? Elle qui a chassé Biljana du pays natal et qui me l'amène une seconde fois ?

Biljana. Est-ce que je la retrouve, est-ce que je la perds ? Est-ce que je me souviens, est-ce que j'oublie ? Elle n'a jamais cessé de courir dans ma tête, mais ce talent pur que les entraîneurs célébraient en elle ne pesait pas lourd pour l'adolescent que j'étais, en revanche le mouvement en avant, la fuite sans fin, n'avais-je pas appris ça depuis ma tendre enfance ? Avec Biljana, j'étais à l'abri, je retournais dans la bulle du coureur de fond, mais cette fois nous étions deux, courir c'était se rassembler, non je l'avoue une telle paix je ne l'ai jamais retrouvée.

Il suffit de tourner la tête et le couloir s'obscurcit encore, une galerie creusée dans la nuit, ponctuée des traits lumineux et brefs que trace l'éclairage sous la porte des chambres. Je me dis qu'il reste une chance. Une chance que Biljana soit derrière moi. Son pas plus souple, plus rapide que le mien. Son souffle chaud, humide et salé. J'ai appris, il y a longtemps, qu'il ne faut pas regarder en arrière. Ni vers les villes qui brûlent par le soufre et le feu. Ni vers celle que le dieu du pays que l'on appelle la mort vous a promise. J'ai appris à fermer les yeux devant les flammes. Pour ne pas basculer dans le noir, je me guide de la main au mur invisible. Et je répète secrètement son nom. Biljana.

Je ne peux pas parler à Carole de Biljana, de l'oncle qui meurt, de mes propres frères bouturés à ma viande. Je parle des signatures. Celle du maire qui nous enchaîne aux banques pour cent ans, celle de Dunod de Charnage qui s'est éteinte trois siècles durant et à laquelle Carole rend son éclat, celle de mon père comme une ogresse jetée sur ma vie.

Après des heures, une infirmière vient enfin nous conduire au chevet de Jonas. Je demande en vain à voir le chirurgien. Il ne veut pas nous recevoir, celui-là. Rien nous dire des doutes et des espoirs. Rien nous apprendre sur mon frère, alimenté par des machines. Ni nous révéler ce qu'il est à l'intérieur. Est-il de chair ? Est-il de bois ? Est-il de papier ? Qu'importe après tout, l'un ou l'autre feront un bon bûcher. Il respire imperceptiblement. Carole a pensé à lui apporter un bonnet, un bonnet en lapin qu'elle a trouvé sur la patère, là où auparavant elle a pris les manteaux des grands-oncles. Elle le lui passe avec précaution.

Carole lui parle, comme s'il pouvait comprendre. Elle lui enjoint de revenir, elle lui dit qu'elle l'attend, que je veille aussi. Je ne peux pas lutter. N'est-ce pas pour cela que je l'ai choisie ? C'est une femme qui ne veut pas laisser de place au doute.

Déjà, l'infirmière nous met dehors. Nous quittons la chambre toute clignotante d'oscilloscopes. Nous laissons l'hôpital éclairé de l'intérieur, telle une cabine d'appareillage. Nous reprenons la route de Messia, la voiture de Carole devant la mienne, mes phares dessinant sa silhouette. Le froid raidit la neige. Le sel ronge la chaussée à nu. L'hippocampe chauffe dans ma poche. Devant la station-service, Carole ralentit. Magali n'est pas dans son aquarium mais le bas-rouge est là, debout sur ses pattes, en appui sur la porte vitrée. Aux mouvements hachés de sa grosse tête, je suppose qu'il aboie. S'il croit que nous allons le délivrer !

*

Chez mon père, une lumière. Je me précipite. J'appelle. Je fais le tour de la maison, de l'étage, j'allume les pièces, les unes après les autres, les anciennes ampoules qui répondent immédiatement, les nouvelles qui déclenchent un faible halo blanchâtre, les guirlandes jetées aux murs comme des galaxies. Une fois que tout brille, je me fais une raison.

Lorsque je redescends dans le séjour, Carole est affalée sur un fauteuil. Je lui retire son manteau sans qu'elle ouvre les yeux. J'embrasse ses paupières humides. Ses cheveux ensanglantés. La douleur se retourne dans mon épaule. J'avale le deuxième comprimé, celui que je devais prendre au milieu de la nuit, mais j'ai besoin de desserrer les mâchoires. Je prépare un repas pour nous deux. Quelques feuilles de sucrine, des herbes amères, des lamelles de chou rouge font une salade. Je râpe un peu de parmesan dans la polenta brûlante. Je débouche une bouteille de poulsard. Voilà. J'apporte tout ça sur la table à manger.

— Tu as l'air content, dit-elle.

C'est un reproche. Elle a son visage des mauvais jours, des colères suivies de rancune. Elle me soupçonne d'être délivré. Je ne le suis pas encore. Mes paupières battent. Je voudrais être dans le noir, là où l'on peut sourire en silence, sans que personne ne le sache.

Il faut nier. Mais je ne peux pas. Nous sommes enfin tous les deux, nous pourrions être chez nous, à Furieuse. Quelle idée d'être revenus ici. La maison, je la connais, elle veut réinstaller l'enfant en moi, c'est ainsi, elle se contracte, elle me soude à elle, cela s'opère sous les yeux de Carole, sans qu'elle s'en doute. Peut-être le feu ne voulait-il rien d'autre : abolir le temps.

J'en suis sûr, mon père, on ne le retrouvera pas. Il a dégoté un refuge, un endroit où seul Clebs aurait su nous mener. Les lumières peuvent s'éteindre, la maison se refermer pour toujours. Un jour, le lac aura raison d'elle. Il viendra ronger ses murs, comme il l'a fait du village néolithique. Elle s'enfoncera très lentement. Les manteaux du rez-de-chaussée, tout vibrants de leurs revenants, l'escadre du premier étage, la cohorte des dadais promis à l'hécatombe, tout cela finira par une belle noyade. Je cache mon visage dans mes mains pour éclater de rire. Je sais qu'il ne faut pas regarder Carole. Je sais qu'elle me fusille des yeux.

Elle se trompe, Carole, si elle croit que la scène de crime se trouve dans la forêt, au pied d'un bouquet de bouleaux. Elle est ici, sous nos yeux, dans ces murs, la scène de crime. Il y a mon frère, dernier tombé, la poitrine trouée par l'impact de la balle. Il y a ma mère, qui s'est éteinte de maladie, de solitude et de chagrin. Il y a ces faux frères qui chantonnent pour toujours des refrains d'enfants. Il y a cette femme inconnue, que la fumée a asphyxiée dans son sommeil avant que le feu ne la prenne. Il y a nous. Les vulnérables.

Je bois plus que je ne mange. Le poulsard à la robe lumineuse qui retient les chaleurs d'août. Les mots de Carole qui frottent comme des silex, qui enflamment peu à peu l'atmosphère. La scène qu'elle m'oblige à voir, alors qu'elle court, les pans de son manteau battant ses longues jambes, vers le blessé que les chasseurs encerclent, écartant leurs chiens, tandis que le tireur, à genoux, tente de refermer la plaie. Lorsque l'ambulance est arrivée, elle a dû elle-même de ses doigts tremblants défaire Jonas de son massacre pour qu'on puisse le hisser sur la civière.

Au milieu de son récit, mon téléphone sonne.

Et soudain, il faut partir.

*

L'atmosphère à l'hôpital n'est plus la même. Le couloir est encombré de patients. Est-ce la fouille qui les a chassés de leurs chambres, la curiosité qui les garde là, les béquillards se frayant des passages au milieu des fauteuils roulants car tous veulent s'approcher et savoir, les infirmiers faisant barrage aux curieux et m'interdisant l'accès, à moi, le frère du disparu. C'est la directrice qui me fait entrer dans la chambre vide. Les fenêtres sont grandes ouvertes. Les cônes lumineux de lampes torches tirent de l'obscurité des brèches de neige intacte. Au-delà, c'est la nuit profonde, la paroi éteinte, l'invisible. Contre mon oreille, la directrice parle. Une femme énergique, sans doute volontiers vindicative, s'efforçant de maîtriser son exaspération. Un flot, le même qui s'est déversé au téléphone. Si les gendarmes fouillent la prairie à l'arrière du bâtiment, c'est que les caméras de surveillance placées dans le hall n'ont pas enregistré sa sortie. Et avant cela les chambres, les placards, les vestiaires, les cuisines, les couloirs, les bureaux, les pharmacies, les ascenseurs, les blocs opératoires, tout a été visité. D'ailleurs, dans l'état où il se trouvait, inimaginable qu'il ait pu se déplacer seul.

— Vous permettez ?

Je la plante là, je remonte le couloir, Carole court derrière moi. J'entre dans la chambre, la chambre 1897, juste avant le coude que fait le couloir pour s'élargir sur un palier desservi par les ascenseurs. Ce n'est plus le lieu que j'avais en mémoire. La femme qui se tourne vers moi, un bandeau de cheveux blancs partageant sa coiffure, ce n'est pas Biljana. Et l'homme qui repose sur le lit, ses os délicatement disposés à même la peau jaunie, presque translucide, un chapeau de feutre noir à son chevet, ce n'est pas son oncle. Je bredouille des excuses, je referme la porte. L'interne est là. L'interne, mon ami, celui que m'envoie la Providence avec des doses d'anesthésiques et des prescriptions sauvages. Ce n'est pas moi qu'il regarde. C'est Carole. Ses paupières tourterelle, ses yeux myosotis, ses couleurs de lac.

Avant qu'il ne passe son chemin, je l'agrippe par le bras. Est-ce qu'il ne pourrait pas… ?

Sur le lit de Jonas, on a ramassé son bonnet. La directrice ne sait pas ce qu'elle a entre les mains, ce qu'elle dépose entre les miennes. Non, elle ne sait rien de ce qu'elle fait, ni surtout que Jonas conscient jamais ne serait parti sans couvre-chef. Moi, je me doutais bien qu'il y aurait un animal mort à l'intérieur. Et ce lapin qui a donné sa fourrure a aussi laissé sa tête au fond des coutures, sa belle tête soyeuse vidée de ses yeux, dont les paupières restent entrouvertes. Les longues oreilles pendent, tenues sans doute au gros bouton qui au revers fait office de pompon.

L'interne a refusé de me droguer davantage mais il m'a bandé l'épaule. Un jeu compliqué d'infules qui s'entrecroisent interdit tout mouvement de mon bras gauche.

— Il faut vous calmer, me disait-il quand je lui réclamais une pilule.

Il m'a quand même injecté quelque chose, puis il m'a jeté dehors. Nous avons entrepris une ronde avec Carole, elle au volant, moi recroquevillé sur mon siège. Nous circulons au ralenti dans Cuisance qui dort, inspectant les cours d'immeuble. Nous ne cessons de buter à la montagne fumante, dont les roches rompues par l'incendie se détachent à mesure que le froid grandit. Elles dévalent les pentes, roulent devant nous sur la chaussée, nous obligeant à des écarts. Ce qui commence n'aura pas de fin. Nous pourrons, notre vie durant, tourner dans le fond de la cluse, salir un peu plus la neige à chacun de nos passages, nous frayer une route dans les éboulis, chercher Jonas. Peut-être mon père est-il là, un pas avant nous, les crânes moissonnés s'entrechoquant dans son sac. Au fond de ma gorge s'est formée une pierre que j'avale avec ma salive, dans un immense effort.

À l'hôtel de ville, Nicole Claudin, première adjointe et imminente maire, est sur tous les fronts, décrochant le téléphone pour répondre aux hommes en battue, organisant la relève des veilleurs au chevet de l'incendie, épluchant les listings de la dette. Elle ne dormira pas de sitôt. Elle se prépare à solliciter l'aide du ministère des Finances, à renégocier les emprunts toxiques, à accabler Noirot qui aura tout décidé seul, c'est ce qu'on entend déjà, en mourant il s'est précipité dans l'infamie. Autour d'elle on me jette des regards en coin. Oui, les visages se mettent à loucher dès que j'approche. Je devine bien ce que l'on croit. La presque maire, elle, n'en a cure. Ne suis-je pas le premier employeur de la ville ? Elle prend la main de l'enfant que je ne suis plus, la garde dans la sienne, menotte inerte, défaite, incongrue.

— Vous ne goumez pas quelque chose ? Et si vous vous reposiez un peu ?

Je regarde derrière elle, dans un de ces miroirs si grands qu'ils peuvent couvrir tout un mur, et je reconnais à peine mon visage mâché par la fatigue, d'une lividité qui épouvante. Elle me conduit, sans me lâcher la main, à travers l'un de ces couloirs invisibles et interminables forés dans la bâtisse dont ils exagèrent l'étendue. Carole est derrière moi, accrochée à mon bras malade. Nous débouchons dans une petite pièce dont le magnifique parquet s'orne de chevrons et d'une immense étoile, pâle et cardinale, rose des vents piquant vers Furieuse sa lame la plus lumineuse. Il y a là, de part et d'autre d'une cheminée de marbre, deux banquettes tendues de velours vert sur lesquelles nous allonger. Elle nous préviendra, s'il y a du nouveau.

À peine Claudin est-elle partie que Carole cherche un passage. Il y a des portes dissimulées dans les tapisseries, des poignées invisibles dans les bouquets qui couvrent les murs et que butinent des bourdons géants. Aussi Carole parcourt-elle les parois à tâtons jusqu'à ce que se soulève une clenche et qu'un lé bascule, délivrant au passage le rose parfum des poussières. Je la suis, bien sûr. Comme un homme aux yeux bandés. Comme si je dormais déjà. Devant moi, il y a le battement de sa redingote, ce lourd mouvement de tissu qui bouscule l'air, le son clair de ses bottes. Je ne sais combien nous faisons de pas. Tout à coup, nous sommes dans la salle septentrionale qu'éclaire faiblement le ciel nocturne. Dans la montagne, devant nous, les veilleurs promènent les fanaux vacillants de leurs torches. Des bribes brutalement tirées de l'obscurité s'échappent des chamois dans de grands mouvements de branchages, puis les arbres se calment, les palmes d'épines bleues retombent sur la neige. À côté de moi, Carole promène le faisceau de son téléphone sur la toile de Dunod de Charnage. La voilà, *La Fuite en Égypte*. Ce sont les mêmes arbres. C'est le même désert. Là où les deux panneaux se rejoignent, disjoints d'une épaisseur de pouce, Dunod de Charnage a peint un sapin. Il sépare les deux scènes. Celle du père qui chemine, appuyé sur un bâton, une huche sur le dos. Celle de la mère qui chevauche en haut du panneau gauche, son enfant dans les bras, protégée par deux anges aux ailes couleur chair.

Carole n'a pas trouvé grand-chose sur la vie du peintre. Il semble qu'il ait vécu à Besançon davantage qu'à Cuisance ou Charnage, et sans doute subsistait-il en portraiturant les bourgeois de la ville, cinq des toiles retrouvées en font foi, familles posant en grand apparat, les enfants massés autour de leurs parents dans des intérieurs cossus. Sa mort n'a pas laissé de trace, ni tombe ni testament. Une simple distraction. S'est-il fait enterrer face contre terre, comme si longtemps les Bisontins, pour ne pas fixer par-dessus lui un ciel français ? Carole le croit. Et à présent, déjouant toutes ces inconnues, voici une nouvelle œuvre. Elle s'ajoute à un *Dénombrement de Bethléem*, un *Reniement de saint Pierre*, les *Pèlerins d'Emmaüs*, quelques portraits, un *Retour de bûcheronnage*. Trois siècles avant Courbet dans *L'Atelier du peintre*, Dunod de Charnage posait un miroir comme une lune gibbeuse sur le mur inégal et nocturne de son *Assemblée des vignerons de Battant*.

La montagne comme le tableau garde ses secrets. Carole rêve tout haut de scanner la toile, de mettre à jour des repentirs, contre la volonté du peintre de révéler ses hésitations, ses remords, ses volontés premières. Moi, je pense que la montagne ne parlera pas.

*

— Rien. Aucune trace.

La future édile n'a pas dormi de la nuit mais c'est toute fraîche et babillante qu'elle nous sert un café dans ce bureau dévasté par une semaine d'urgences, où il faut écarter les dossiers pour s'installer sur un siège. La directrice de l'hôpital est là aussi, déjà excédée, reposant si sèchement sa tasse qu'elle la renverse à moitié.

— Personne ne vous accuse, précise la bientôt maire.

J'échange un regard avec la directrice. Sans doute espère-t-elle qu'on parle de moi.

— Mais enfin, l'enquête doit suivre son cours.

Sa voix ne tremble pas. Sûrement préfère-t-elle ça à l'incendie, à la mise sous tutelle qui s'annonce pour la ville. Elle va se prévaloir de nous avoir gardés sous clé, ma femme et moi, prévenant de possibles calamités, sans rien imaginer des promenades nocturnes de Carole dans les parties les plus reculées de la mairie. C'est une femme à poigne, imprudente, naïve. Elle m'ouvre la trousse de soins, fort bien garnie. Je rafle assez de médocs pour oublier quelques jours l'interne, mon sauveur.

En pleine lumière, sans neige, sans vent, sans fumée, le cercle autour de Cuisance révèle ses dimensions. C'est un énorme anneau, posé à un tiers de la pente. De légers panaches s'en échappent encore. À intervalles réguliers, postés comme des stadiers, dos à la ville, des vigiles scrutent le lit de l'incendie. Depuis l'usine, on en voit deux, équipés de chasubles jaunes et de thermos d'eau chaude. Comme eux, je constate l'étendue du désastre et je ne m'en lasse pas. Sage et Léontin sont derrière moi. Ils sont redevenus eux-mêmes, ces deux-là. Ravis de s'occuper de tout tandis que j'avale des pierres, celles qui se forment au fond de ma bouche et qui descendent, une à une, me broyant le gosier.

— Allez, dis-je à la fin, comme ils terminent leurs rapports.

Je n'ai pas quitté ma veste, parce que j'ai froid et qu'il faudrait remuer l'épaule, qu'à cette seule pensée toutes les pierres avalées se cognent dans mon estomac. Carole rattrape sa nuit blanche, assoupie dans le grand fauteuil de cuir, et lorsque je me retourne pour la regarder je distingue dans sa tête blonde des fils de sang séché.

Quelque chose tourne, au bord de mes cils, j'ai beau battre des paupières, ça revient, une roue sur la neige, un éclat qui brûle à chaque passage, ma mère tirée en avant par le poids de ses médailles, parcourant sans fin la piste de ses exploits, nous derrière elle, mon frère et moi, nains sur nos skis d'adulte, nos têtes enfantines protégées contre les chocs par des anneaux de velours. Et puis j'ouvre les yeux et je vois, successivement, très rapprochés, interrogatifs, les visages de Carole, de Sage, de Léontin.

— Il gonfle, dit Léontin, d'une voix posée, neutre, inquiétante.

Je me soulève de mon siège. Je me suis endormi, c'est tout.

— Il faut aller à l'hôpital, tout de suite, dit Carole.

Et je ne comprends pas. Puis je vois mon bras, sur le siège, mon bras façon de parler, une manche à air plutôt, le bracelet de ma montre enfoncé dans une sorte de pneu jaunâtre, mais c'est bien de moi qu'il s'agit. Et puis mes yeux se ferment, c'est-à-dire que mes paupières enflent à se toucher.

À l'hôpital, l'interne me demande quels médicaments j'ai pris. Je vide mes poches. Les gélules en vrac, de toutes les couleurs, les boîtes entamées, les notices pliées, non lues, et puis d'autres choses que je ne reconnais pas au toucher, que je trimballe avec moi depuis trop longtemps. Quels médicaments exactement, je ne sais plus, à vrai dire. Je parle malaisément, ma langue gonflée pèse dans ma bouche, il faudrait l'avaler, j'ai bien avalé des pierres toute la matinée, je me suis rempli comme un puits.

— Un cocktail, répète l'interne après moi.

Ça explose, cette chimie des profondeurs, je suis le théâtre du déchaînement des forces, si ça continue je ne respirerai plus.

— Œdème de Quincke, dit l'interne.

Et il me fait une injection d'adrénaline.

La directrice n'a pas de chambre disponible.

— À présent que l'incendie est fini, les cœurs lâchent, les détresses éclatent, l'affluence est maximale, vous comprenez ?

Elle n'ose pas m'interroger sur mon frère mais s'inquiète de mon état, de mes excès, de mon imprudence qu'elle ne sait pas qualifier, laissant sa phrase en suspens. J'attends, j'attends qu'elle retombe sur ses pieds, et je finis par comprendre qu'elle est partie, sans un au revoir, sans un adieu, au beau milieu de ses reproches informulés. On me pose sur un siège dans le couloir des urgences. Interdiction de quitter les lieux. Carole est à côté de moi. Peu à peu je vois réapparaître son visage, il finit par se libérer complètement de mes cils, se détache sur le vert sale d'un mur, se rattache au cou délicatement étiré hors de la veste griffée d'insignes d'officier. Lorsqu'elle part se servir un café au distributeur, un homme entre dans mon champ de vision. C'est le journaliste, je m'en souviens, j'ai encore son nom sur le bout des doigts, en lettres d'argent sur papier bristol. Il ne vient pas me demander des nouvelles de mon père ou de Jonas. Sans doute pourrait-il m'en donner, du reste, lui qui a les lignes directes à la gendarmerie, à la préfecture. Il ne me demande pas non plus comment je vais, ça sans doute l'interne le lui a dit. Non, il vient m'informer que Magali Poncet, la gérante de la station Total, sur la route de Messia, est portée disparue depuis hier.

Les gendarmes sont intervenus dans la matinée pour libérer son chien, qu'il a fallu euthanasier. Sa voiture n'a pas bougé depuis plusieurs jours, comme en atteste la couche de neige qui la recouvre.

— Aucune trace de son carnet en revanche. Son carnet, vous voyez de quoi je parle ?

Il sourit, d'un air entendu.

La gardienne de la vallée, elle voyait tout, savait tout j'en suis sûr. Elle a donc tourné la clé et laissé son chien hurler à la mort ?

Le journaliste m'a laissé le numéro du jour qui tache d'encre mes doigts moites. C'est une édition spéciale. Incendie et disparitions remplissent les pages. On a exhumé de je ne sais où un portrait de mon père, le cheveu encore noir, le regard immense. Il y a tant de grain dans l'image démesurément agrandie que le visage semble composé de petites croix, additionnées ou plutôt agglomérées, c'est-à-dire faisant matière sans nombre. En revanche, pas de photographie de mon frère mais une vue de l'hôpital au bord de la nuit, ses abords piétinés par les gendarmes, la directrice dressée sur le perron, telle une vigie. Quant à la marchande d'essence, on la reconnaît à peine. Mais son chien oui, il est à côté d'elle, bajoues relâchées dont s'échappent des filets gluants de salive. En fin de journal, deux doubles complètes sont consacrées aux notices nécrologiques. Le feu a frappé les cœurs, achevé ceux qui n'arrivaient pas à mourir, déclenché une hécatombe. Dans une interview, l'ex-première adjointe Nicole Claudin fait savoir qu'elle a réquisitionné le personnel municipal pour assurer l'infernale cadence des inhumations. Autant de morts en si peu de temps, conclut l'article, on ne voit ça habituellement qu'en temps de guerre.

Je lis aussi que la route vers Furieuse est rouverte. Elle a fondu, dit-on. Par endroits il ne resterait qu'un lit de caillasses dans un magma de goudron.

— Demain, promet Carole, demain matin je monte à Furieuse relancer le chauffage et nous rentrons chez nous.

Nous roulons au ralenti, libérés par les médecins avec une ordonnance longue comme le bras, et au moment de nous engager vers le tunnel je demande à Carole de rester dans le rond-point. Elle me fait ce plaisir, que je lui ai imposé si souvent, prendre le rond-point en manège et enchaîner les tours, de là on a un panorama unique, la cluse disposée à la manière d'un cirque, ses parois franches engagées dans le ciel dont il ne reste qu'un cercle immatériel dans cette débauche de roches mésozoïques et de pessières sur lapiaz. L'anticlinal fait front, et ses rides géantes, feuilletage de roches sédimentaires, sont semblables à du bois brûlé. Au pied du mont Chalam s'ouvre une bouche noire, la résurgence de l'Héria. Au dixième tour, Carole me dit, Il faut y aller. Et nous nous engouffrons dans le tunnel.

Je ne veux pas monter à l'étage mais Carole a ce courage, elle, de pousser chaque porte, de faire le tour de chaque pièce, de constater les absences. À la télévision, on n'a pas dépêché d'envoyés spéciaux. C'est le localier, l'homme au nom d'argent, qui fait le point sur les morts et les disparitions, la mine grave, filmé devant la mairie, épicentre de nos maux. Celle qui sera maire demain, ou après-demain, vient dire aussi quelques phrases, secouer le mystère. Puis c'en est fini de Cuisance. Il est question d'autres mondes. J'éteins le poste.

Dehors, le ciel s'est dégagé. La pleine lune éclaire le lac, ses rives émaillées, lisses, blanches et bombées. Des mouvements brouillent par instants le regard, font cligner les yeux. Je fais coulisser la porte-fenêtre, j'avance sur la neige durcie, qui craque sans céder. Non, je ne rêve pas. Ce sont des chevreuils et des cerfs descendus des monts qui se hasardent sur la glace, patinant sur leurs sabots délicats. Je n'en ai jamais tant vu, mais la vallée est délivrée de ses chiens et offre une provende presque intacte de jeunes arbres indévorés. Ils ne fuient pas quand j'approche. C'est peut-être l'odeur de fumée qui me dissimule, cette odeur que je ne sens plus mais qui sans doute est encore là, dans les fibres de mes vêtements et de mes cheveux. Je distingue nettement leurs belles têtes tendues, leurs gueules refermées sur les basses branches des noisetiers. Pas plus que moi ils ne s'enfoncent dans la neige. Lorsque l'un d'eux tombe dans le lac, c'est presque en silence. L'eau figée crisse faiblement, l'animal se débat à peine, au bout de quelques secondes le lac s'est refermé, aussi régulier qu'une dragée et de cette même pâleur mate. Et soudain Biljana est de nouveau là, avec moi, pieds nus dans la neige, pour nos paris de lycéens. J'aime ses jambes engourdies, ses pieds bleus qui s'endorment, le sang comme fou dans ses veines. Si Biljana est avec moi, si je ne l'ai pas perdue, rien ne m'étonne. Pas même de me trouver au milieu de la harde.

Pas même d'être poussé vers la rive, à coups de museau. Pas même de glisser sur le lac gelé.

L'attraction du lac, je la connais depuis toujours. Comme une bête, j'étais prêt à m'y soumettre. La voix de Carole m'a retenu. Depuis longtemps, ai-je constaté, Carole me rattache à la rive. J'ai hésité. J'étais un roi à mon tour. Un roi aux bois duveteux, effilochés par les combats. Le lac ouvrait son grand miroir. Je m'y suis miré un instant, noir sur la fine pellicule de gel. Jason, a crié Carole, de nouveau. Je me suis retourné. La maison brillait comme une lanterne. Le feu s'était retranché là, dans des fioles de verre, ardent et mésestimé. Ma femme s'est aventurée au milieu des cerfs. Aux plaques rouges marbrant sa peau claire j'ai compris qu'elle avait peur. En revenant vers elle, j'ai lu sur son visage la défaite des jours écoulés, comment tout s'était ligué pour nous échapper. Oui, tout s'était passé sous nos yeux et hors de notre conscience. Quelque chose nous frôlait sans relâche et sans aveu.

Carole a refermé les vitres, verrouillé les portes, réglé le chauffage au maximum. Les oiseaux volent toujours au ras du parquet. Les escaliers grincent. Nous installons un campement dans le salon. Notre couette et nos oreillers sur le canapé. Du pain, du fromage et du vin sur un plateau. Un feu dans la cheminée. Mais je ne dis pas tout. Reprenons : les bûches tombent lourdement dans l'âtre, les portes claquent, les oreillers sont des projectiles, les assiettes s'ébrèchent, ma femme est en colère, elle exige des explications. Lorsque les chevreuils s'approchent trop près des vitres, elle leur fonce dessus avec des cris rauques qui ressemblent à leurs aboiements. Je bredouille, je me dérobe, j'ai très mal. Carole me déshabille à gestes brusques, démêle la charpie de mes bandages, les replace convenablement. Je voudrais la serrer dans mes bras mais elle se déplace comme un sparring-partner, les poings en avant, l'abdomen verrouillé. Je tente, pour l'amadouer, de lancer la conversation sur notre retour à Furieuse, demain. Elle me frappe d'un coup sec à la mâchoire.

Nous ne dormons pas. La maison nous veut en elle, à jamais. Il faut lutter contre ses charmes, ne pas se laisser envoûter. Rester éveillés.

*

Au matin, des gendarmes et des militaires se présentent tout autour de la maison. Ils sont des dizaines, en rang, avançant d'un même pas, sondant la neige avec des bâtons de ski. Patients, méthodiques. Tout ramène au lac. Il y a assez de neige pour ensevelir un homme, un grand enfant, une femme. Je me tourne vers Carole. Elle a abandonné l'uniforme. Il pend à une patère, au pied de l'escalier, comme une vague menace sur laquelle je garde un œil méfiant. Elle est en blanc ce matin, tricot point de riz, slack moulant. Ses cheveux platine ramenés derrière l'oreille, encore humides, son visage démaquillé prend cette nuance de craie des mauvais jours. J'aime son menton allongé, ses épais sourcils bruns, ses yeux dévorants. Elle me tend le pilulier qu'elle a elle-même garni. Les boîtes de médicaments sont dans son sac à main. Son sac à main est posé sur un fauteuil. Je fais en sorte de ne jamais regarder dans cette direction.

— Je vais sortir, dis-je, avec précaution.

Elle ne répond pas. Elle se sert une deuxième tasse de café. Je pourrais lui faire remarquer qu'elle est la seule ici à utiliser ce service qui appartenait à ma grand-mère. Mon père s'en garde bien. Lorsque la verseuse est vide, on voit apparaître un visage d'enfant. Et, dispersés au fond de chaque tasse, il y a ses mains et ses pieds, son cœur et son nombril. Mais je la boucle. Ce n'est pas le moment de polémiquer. Elle n'est pas près de me pardonner ce qui s'est passé hier. Comment j'ai manqué la quitter pour me faire cerf, et puis poisson. J'ouvre la porte-fenêtre, j'avance sur la neige, la rive est sépulcrale comme jamais, pointillée d'empreintes animales, pas de biches et d'oiseaux, et mes pas d'homme visibles au milieu, et la course de Carole. Je marche en avant de la ligne de sonde, de cette ligne silencieuse et méticuleuse, synchronisée par l'abattement des bâtons dans la neige, comme un coup unique mais énorme, qui résonne à travers le lac. C'est là, encore mal réveillé et chanceux, que je vois, appuyé au tronc d'un bouleau, ce massacre dont Jonas s'est coiffé tant de fois. Combien de cors ? Dix, je ne m'étais pas trompé. J'hésite sur la conduite à tenir. Je regarde autour de moi. Je sais mieux que quiconque l'importance que Jonas porte à ses couvre-chefs. Reviendrait-il qu'il pourrait m'en vouloir de n'avoir rien fait. Alors, de mon bras valide, je m'empare de ce bouquet d'andouillers.

Carole est la première à partir. Elle charge sa voiture et prend la direction de Furieuse. C'est une femme qui tient ses promesses. Ce soir, nous dormirons chez nous.

Les militaires ont déplacé le rang d'une centaine de mètres et progressent de nouveau vers le lac, avec le même geste plein de foi. De temps à autre, un bâton accroche une pierre, un rondin, un bloc de sel. Les fautifs sont arrachés au sépulcre et abandonnés sur place. La haie reformée reprend sa marche. Entre-temps, plusieurs canots pneumatiques appareillés de gros moteurs ont été remorqués jusqu'à la rive et à présent ils progressent au ralenti sur le lac. Les équipages promènent des griffes autour des embarcations. Le lac, je le connais, il ne rendra rien. Ni les bêtes tombées dans la nuit, ni les humains s'ils ont eu la faiblesse d'aller jusque-là. En repensant à mon propre renoncement, un sentiment qui ressemble à la déception m'envahit. À moins que ce ne soit ça, la honte ? Pour m'en délivrer, j'accomplis ma tâche. Je règle le chauffage en mode hors gel, ferme les volets à l'étage, rassemble dans un carton les denrées périssables. Le massacre de Jonas est sur la table. Les bois des cerfs, savez-vous, fonctionnent à la manière d'une parabole. Ils transmettent des vibrations, concentrent des sons, font entendre l'inaudible. À grand mal, je pose l'engin sur mon crâne. Et, comme Jonas, j'entends. Le clapotis de l'eau sur la coque d'une caravelle à l'ancre. Le son plat, détaché, liquide des rames conduisant un équipage vers la rive. Le silence malgré eux de jeunes hommes intimidés par la présence d'une forêt trop drue, trop exagérée, trop tombale. Et, comme eux, en secret, je voudrais tout défaire, enrouler l'océan ainsi que ces cartes que l'on a fini de rêver, le retourner à la manière d'une peau et me glisser à l'intérieur, parmi les bêtes marines.

Lorsqu'on sonne, je me précipite. Mais ce n'est pas un gendarme, c'est le journaliste. Celui-là, il s'imagine que j'en sais plus que lui, et il n'est peut-être pas le seul. Il me tend sa main épaisse, étonnamment douce, ou plutôt moelleuse, c'est le mot, une main que je voudrais garder dans la mienne, un doudou.

— Je peux entrer ?

Je m'efface, embarrassé. Le voici dans la grande pièce. Il fait un écart sur le tapis, et puis se reprend, regarde fermement vers le bas, vers les îles voilées par les nuages.

— Surprenant, fait-il.

— On s'habitue, dis-je.

Moi, je mens comme je respire. Lui, il prend mentalement des notes, il brûle de dégainer un appareil photo. Un endroit pareil, on n'en visite pas tous les jours.

— Un café ?

Nous sommes en bout de table, avec ce tas d'os séchés au milieu, agrippé à son morceau de crâne blanchi. J'ai retrouvé au fond du buffet le sucrier en argent, avec ses anses en tête de canard. Mais le sucre ne fond pas dans la tasse du journaliste. Il bataille discrètement avec sa cuillère.

— Vous savez ce qu'on dit. Que votre père a mis le feu toute sa vie. Au cœur des femmes, et à celui des hommes. À sa maison des hauts. On dit que le lac lui-même s'enflamme, certaines nuits.

Bien sûr que je le sais. Depuis l'école primaire. Longtemps je me suis réveillé dans le profond de la nuit, et j'ai guetté les bruits que fait le feu. L'été, lorsque les paysans déchaumaient leurs champs en y semant l'incendie et que le vent portait jusqu'à Messia des odeurs d'herbes brûlées, la noire poussière des flammes, je faisais le tour de la maison, je m'assurais que nous ne brûlions pas.

— On dit que vous faites des recherches sur les terres rares, que vous avez cartographié la montagne, que vous avez marqué l'emplacement de futurs puits de mine.

Celle-là, je ne m'y attendais pas. Je me demande. Je repense au drone, aux papiers confidentiels étalés sur mon bureau, je revois le tir précis de mon père.

— On dit que vous négociez des dérogations auprès des ministères, qu'une montagne ravagée par les flammes sera plus facile à ouvrir. On dit que le fils est à l'image du père, pyromane.

— Je croyais que vous veniez me parler de mon frère.

Je me tourne vers la fenêtre. Les militaires sont loin, maintenant. À cette distance, on ne distingue qu'une ligne saccadée qui progresse vers le lac. Quand le journaliste repose sa tasse, je me penche pour voir. Au fond, le cœur. Pas le symbole innocent, galvaudé. Non. L'organe, musculeux, ventriculaire, vital. Petits, mon frère et moi, nous faisions des paris pour savoir qui le trouverait au fond de sa tasse, avec un léger mouvement de recul. Allez savoir pourquoi, ce matin je suis déçu que ce soit lui, le journaliste, qui tire le gros lot. Il m'interroge d'un regard.

— Faïence d'Ardentes, XVIIe siècle, une pièce de musée, expliqué-je.

— Comme tout ici, non ? rétorque-t-il.

D'un geste il englobe les meubles que dévorent en secret les vrillettes, les oiseaux empaillés poudrés de poussière, le tapis chatoyant de sa mer lointaine, de son île mystérieuse.

Une pierre soudain se reforme au fond de ma gorge. Mon père m'a-t-il laissé seul avec tout ça ? Va-t-il seulement revenir ?

— Ce qu'on dit, reprend le journaliste, c'est que l'usine aussi pourrait devenir une pièce de musée, si les matières premières venaient à manquer, on dit que cela vous empêche de dormir.

S'il connaissait la beauté de mes nuits... A-t-il seulement quelqu'un qu'il aime ? Je ne sais rien de lui.

L'usine, en fin de compte, c'est tout ce qui leur reste, le dernier os à ronger. J'avale prudemment la pierre. Carole est partie, il n'y a plus son sac à portée de main, plus de médicaments dans le pilulier. Elle a dû me laisser le stylo injecteur d'adrénaline en cas d'urgence mais je ne vois pas où.

— Est-ce que vous savez... ? demandé-je en regardant de nouveau dehors, vers le lac, la station-service, la neige.

Il secoue la tête.

— Le cas le plus problématique, c'est celui de votre frère. Il ne pouvait pas se déplacer seul. Les deux autres, après tout, ils n'ont fait qu'abandonner leurs chiens, vous ne croyez pas ?

Une fois la maison fermée, une dernière chose m'a coûté, mais je m'y étais résolu dans la nuit, quand j'avais compris que Carole était à bout, qu'il tenait à un cheveu qu'elle prenne la route qui s'échappe de Cuisance vers l'ouest et atteint la plaine par une succession de paliers abrupts. Ensuite, en quelques heures, elle serait loin de moi, à une extrémité du continent, dans une ville océanique, là où tout change à tout instant. Tant de vies s'offraient à elle. Je ne pouvais plus me permettre de jouer avec mon amour. J'avais déjà trop perdu. Mes mensonges, mes omissions, mes visions : je rompais depuis trop de jours le lien de sincérité que j'avais tissé avec ma femme. Et je pouvais bien lui reprocher de m'avoir négligé dans ses costumes de combattante, d'avoir apprécié ce séjour à Messia davantage que je ne l'admettrais jamais – elle qui s'entendait si bien avec mon père, si tendrement avec mon frère –, moi je n'avais cessé de prendre des biais, de me réfugier dans des faux-fuyants.

Je suis descendu jusqu'au ponton tout en extirpant l'hippocampe du fond de ma poche, avec quelques dragées d'antalgiques qui avaient échappé à la fouille de l'interne. Je l'ai laissé tomber dans le lac.

Je m'attendais à quelque chose, je l'avoue. Un grésillement. Le son de la flamme qui se tord au contact de l'eau. Mais le lac l'a avalé en silence.

Un remords m'a mordu le cœur lorsque j'ai pensé à Biljana.

Puis je me suis demandé si je n'avais pas rêvé tout ça.

*

Furieuse étincelle. Furieuse n'a pas brûlé. Le feu n'a pas réussi à franchir la crête. Les cabanes des chasseurs, les pièges tendus dans les bois, ma maison cachée dans les arbres n'ont fait que se figer davantage dans la glace. Le chasse-neige a repoussé des murs compacts de part et d'autre de la chaussée blanchie par le sel. Mais lorsque j'arrive sur le plateau, tout n'est pas bleu. Sur la route est posé un nuage. Pas un nuage de cendres, ni une nuée de feu, un nuage blanc, cotonneux, silencieux. Je ralentis avant d'y entrer. J'allume mes feux de brouillard, je mets en route les essuie-glaces, je ne vois rien, mais je sais que la route est rectiligne sur cinq centaines de mètres, alors je me cramponne au volant et je maintiens ma trajectoire. Une odeur d'eau remplit l'habitacle, une turbidité de lac, un froid reptilien, et puis soudain il fait jour à nouveau, grand soleil, le nuage est derrière moi, le regard ne le traverse pas mais le corps oui, le corps si meuble, si docile.

Je gare ma voiture derrière celle de Carole. Elle a déblayé un passage jusqu'à la porte d'entrée. La pelle est plantée au pied des marches. Dans la maison, il fait chaud déjà. Le sac à main est posé sur une commode, dans le vestibule. Je vérifie que mes médicaments sont bien à l'intérieur. Au mur, au-dessus de la commode et de part et d'autre, sont accrochés plusieurs tableaux. Parmi eux figurent les portraits jumeaux d'un couple d'ancêtres, une lignée maternelle dans la généalogie de mon père, qui ne m'ont transmis ni leurs fronts hauts ni leurs peaux claires. Et il y a un tableau de Dunod de Charnage. Ne croyez pas que Carole ait bataillé tant que ça pour l'avoir. Dunod de Charnage est un peintre oublié, un petit maître dont la cote est proche de zéro, il n'y a que Carole pour s'être prise de passion pour lui, elle est d'ailleurs persuadée que ses articles vont lui rendre la place qu'il mérite selon elle entre, disons, Georges de La Tour et Nicolas Labbé, oui, ratissons large. D'ailleurs, lorsqu'elle l'a achetée, les tons nocturnes de la toile avaient viré au charbon et on avait peine à discerner les figures. La restauration a coûté un bras, mais révélé le tableau. C'est une *Judith présentant la tête d'Holopherne aux habitants de Béthulie*, un sujet peu traité dans la peinture, où l'on préfère l'instant de la décollation, la main sûre de la belle maniant l'épée, sa vieille servante jamais loin derrière elle pour cueillir le fruit dans sa besace à vivres. L'heure est bien celle de la nuit profonde, celle qui suit les banquets et les accouplements, celle qui suit l'exécution. Dans un format tout en largeur, comme s'il peignait en panoramique deux siècles avant l'heure, le peintre a disposé les maisons d'une cité fortifiée, détachant des volumes faiblement éclairés dans une rapide perspective qui laisse imaginer l'importance de la place tout en focalisant le regard sur le premier plan, là où sont rassemblés les assiégés, serrés comme un rempart, leurs visages saisis en quelques brefs coups de pinceau formant une sorte de guirlande à mi-hauteur du panneau tandis que leurs corps restent pris dans la nuit. Judith avance et derrière elle on fait cortège, derrière elle et la tête d'Holopherne, tête flasque, grisâtre, masque de peau comme si Judith en tranchant avait dans le même geste vidé de ses os et de sa chair cette tête d'homme. Dunod de Charnage lui a-t-il donné les traits de Bernard de Saxe-Weimar, que Richelieu envoya soumettre la Franche-Comté et qui incendia Charnage en mai 1639 ? Carole le croit, et pourquoi pas ? Ce masque de peau, c'est quoi qu'il en soit d'un homme la dernière image. Quant à sa Judith, elle est richement vêtue d'une robe lunaire qui reflète la lumière des torches et, alors que tous regardent la tête d'Holopherne, elle tourne son visage d'une pâleur spectrale vers le peintre. Derrière elle, la servante vêtue d'une pèlerine à large capuche est sans visage. Elle en avait un, pourtant, lorsque Carole a acheté le tableau. Il s'est avéré qu'il s'agissait d'un repeint, de même que le diadème qui coiffait Judith ou le sang qui ruisselait à ses pieds. Le restaurateur a débarrassé la toile de tous ces stratagèmes. Dunod de Charnage a donc peint ces deux femmes, l'une dans la lumière, l'autre sans visage, l'une les bras levés, l'autre les bras croisés. Elles ont la même taille, la même stature, Judith et sa servante sans nom, Judith et son ombre.

Je mets du temps à réaliser que je suis seul. Je passe de pièce en pièce, je monte à l'étage, je m'allonge un moment sur notre lit. J'enroule autour de mon cou une écharpe en maille sur laquelle Carole a vaporisé son parfum. Je sors sur la terrasse, j'appelle. Carole n'est pas là, non. Mais sa voiture est là, son sac est là, ses clés sur la table à manger, son téléphone. Est-ce qu'elle est toujours en colère ? Est-ce qu'elle se cache ? Est-ce un jeu anodin ou cruel ? Ça ne lui ressemble en rien, le mesquin d'une vengeance. Mais que je n'aime pas ce silence, cette montagne muette, sa faune invisible !

Puisque Carole ne peut pas me voir, je consulte son téléphone, c'est ma manière de la suivre, j'entre dans son journal photographique. Une seule personne manque, et c'est moi. Sinon, tout y est. La patte de Clebs griffant le dos des oiseaux sur le tapis du séjour. Mon frère appuyant ses bois sur le dossier lacéré d'un fauteuil. Mon père peignant, vu de dos, main trompeuse, indigo, inhumaine levant au pinceau les barreaux d'une forêt. La chair d'un visage craquelée comme l'ivoire d'une tasse. Et la signature, à peine lisible dans la nappe bitumeuse d'un sous-bois d'épicéas : *Claude Sangor.*

Mon père est-il passé avant que j'arrive, ses joues noircies de cendre et de suie, les pans goudronnés de sa veste croisés sur le ventre ? Peut-il franchir une montagne, puis l'autre, sans se faire prendre, sans croiser une patrouille, sans même laisser derrière lui le rail double de ses skis ? Se guide-t-il à la lumière de la Lune qui ces nuits est à son périgée ? Emporte-t-il tout sur son passage ?

Peut-être Carole a-t-elle seulement marché vers le belvédère qui surplombe Cuisance. L'appel du désastre, qui peut lutter contre ? Il n'y a pas trace de ses pas sur la neige, mais celle-ci est si dure que même moi, avec mes quatre-vingt-dix kilos, je marque à peine. J'avance au milieu des arbres qui sont courts sur le plateau, rabougris et tortueux, modelés par le vent. Je traverse le bois par une trouée dont nous avons l'habitude. En août nous y cherchons les mûres, en septembre des bouquets de colchiques. Tout au bout, on trouve la roche nue de l'anticlinal, il n'y a plus que le ciel et l'abîme de l'Héria, la rivière qui a creusé la cluse. Au fond de la bolge, le soir tombe déjà, l'éclairage public se déclenche, dans la vaste neige les trois étages de l'hôpital se détachent, déversant des lumières. Cuisance scintille au fond de son ciel noir. À travers la masse des sapins, l'incendie se lit par brèches blanches. L'obscurité n'en viendra pas à bout. Un dernier zeppelin survole Cuisance. Bientôt, ils ne se détourneront plus. Ils reprendront leur circuit habituel, au nord, du côté de ce qu'on visite, la Dent de Vaulion, le lac de Saint-Point, le château de Joux.

Carole n'est pas là.

L'effroi de la nuit me reprend. À l'idée du silence qui suivrait son nom, je n'ose pas appeler. Et peut-être n'est-ce plus le temps de parler, mais de hennir, ou d'aboyer ? En la cherchant, la seule chose que je vois, à une cinquantaine de mètres en contrebas, émergeant d'une fosse de cendres, là où l'incendie est monté à son apogée, dans une cuvette de rochers qu'occupaient des bouleaux, c'est une paire de cornes annelées encore tenues à des fragments d'os et des lambeaux de cuir brûlés, une bête qui a été piégée dans l'incendie, un bouquetin me semble-t-il, vu la puissance que dégage encore l'ensemble.

J'ai vu trop d'animaux morts. J'ai vu trop d'holocaustes.

L'ombre gagne, elle suit la ligne de feu, efface tout. Le froid me prend à l'intérieur quand je comprends que je ne retrouverai pas Carole. Ni à ce belvédère, ni au milieu de ses livres, ni même à Messia dans le halo du lac. Comme les autres, elle s'est évanouie. Et, sans elle, je ne retournerai pas sur mes pas. Mon chemin finit ici. Là où elle s'est perdue. Je suis comme ces anges cloués aux cathédrales, leurs grandes ailes mortes confondues à la masse des façades, entre ciel et terre. Mon cœur qui s'affolait ralentit. Des pierres de nouveau se forment à l'intérieur de ma bouche. Avant la nuit, je serai statue. Je le comprends trop tard, il fallait fuir, suivre la leçon des peintres, prendre la route à travers la montagne, Carole et moi, mettre un monde entre nous et l'incendie.

Le feu de mon père, l'eau de ma mère, c'en est fini de tout ce qui m'a fait homme. Il ne reste que des poussières d'étoiles, le terrible de la pierre. Je ne veillerai sur rien. Je ne sauverai personne. Et alors que ma nuque se raidit, que mes yeux se figent, Cuisance s'éteint. D'un coup d'un seul d'un total black-out. Plus une lueur au fond de la cluse. Seul reste visible l'anneau, l'anneau blanc des brûlures dans la nuit, l'anneau poreux, pénétrable et spectral des cendres, l'anneau laiteux dans la montagne inhabitée.

Vous-même n'êtes qu'un silence de plus.

Lexique

COTIS : morceau de porc formé de plusieurs côtes. En général les cotis sont fumés.

DAUBOT : idiot inoffensif.

GAUGÉ : complètement trempé.

GOUMER (une maladie) : couver (une maladie).

GOUZÉ : petit morceau de pain sur lequel on mange ou plutôt on goûte un mets, souvent partagé.

METTON : fromage déshydraté que l'on fait fondre dans de l'eau pour obtenir la cancoillotte.

RÖSTIS : galettes de pommes de terre râpées.

Remerciements

Merci à mes si précieuses amies, Nathalie Alliel et Sandrine Bailly.
Merci à mon fils Hugo, skieur et relecteur.
Merci à Élisabeth Beyer et Aleksandar Grujičić.
Merci à Arno Bertina.

*

Merci tout particulièrement à mon éditrice, Marie Desmeures.

Conception graphique : Philippe Apeloig.
Composition : Utibi.

Imprimé par Grafica Veneta à Trebaseleghe (Pd).
Dépôt légal : janvier 2024.
Imprimé en Italie.

ISBN : 978-2-207-18019-8.

619487